飛月悲歌

비월비가

飛月悲歌

비월비가

산수화 신무협 장편 소설

귀신출전(鬼神出戰)

①

뿔미디어

차례

서(序)   ·· 7

1. 오왕기담(烏王奇談)(1)   ·· 15

2. 오왕기담(烏王奇談)(2)   ·· 91

3. 오왕기담(烏王奇談)(3)   ·· 179

4. 오왕집결(五王集結)(1)   ·· 201

5. 오왕집결(五王集結)(2)   ·· 235

6. 오왕집결(五王集結)(3)   ·· 273

외전(外傳)(1)   ·· 309

서(序)

흉중에 품은 근심과 걱정들 모두를 단번에 물리칠 정도로 상쾌한 바람은, 사람 한 명의 몸을 씻고 나아가면서 불쾌하고 비릿한 풍압으로 변해 기괴한 중압감을 사방으로 내리눌렀다.

떨어지는 낙엽과 이미 쌓여 훗날에 태동할 모든 존재들을 위해 장렬히 산화한 시체들은 묘하게 닮아 보였다.

가을의 바람.

추우면서도 시원하고 오싹하면서도 상쾌한 모순의 바람이 청년의 머리카락을 당기려고 애썼다.

그러나 추풍(秋風)으로도 피에 젖어 딱딱하게

굳은 청년의 머리카락을 움직이게 하진 못하였다.

비단 머리카락만이 아닌, 온몸이 핏덩이로 변하여 차마 눈 뜨고 볼 수 없는 상태가 된 그는 혼백이 빠져나간 듯 멍한 눈으로 눈앞을 보았다.

무릎을 꿇고 있는 비참한 기색의 청년과 달리, 그의 앞에 선 이는 신선처럼 고아한 모습을 한, 그러나 태산처럼 장중한 위엄을 간직한 노인이었다.

추풍에 휘날리는 머리카락과 옷자락이 마치 한 폭의 그림을 보는 것처럼 아름답기 짝이 없다.

수없이 쓰러진 시체들 속에서도 노인의 강렬한 존재감은 악수(惡水) 속의 연화(蓮花)처럼 빛나고 있었다.

노인은 인자한 표정으로, 그러나 차가운 눈동자로 물었다.

"더러운 목숨이나마 부지하고 싶다면 순순히 말하는 게 좋지 않겠느냐?"

청년에게서는 대답이 없었다. 그저 그 특유의 눈빛으로 노인을 올려다볼 뿐이었다.

노인의 눈동자가 조금 더 차가워졌다.

"어인 미련이 이리도 거셀꼬. 어차피 네가 죽으

면 쓰지도 못할 물건이 아니냐? 지금이라도 물건의 행방을 말한다면, 내 너의 목숨만은 살려 줄 용의가 있다. 과거의 정을 무던히 끊어낼 정도로 내 그리 고약한 늙은이는 아니니라."

청년은 순간 크큭 웃었다.

고개를 숙이며 몸을 떨던 청년의 웃음은 짧은 시간에 광소(狂笑)로 변하였다. 하늘을 보며, 눈물을 흘리면서도 미친 듯이 웃는 그의 모습은 처절함보다 애달픔이 컸다.

"이미 천륜을 깬 자는 고약한 사람이라 불릴 자격도 없소. 당신은 패륜을 저지른 쓰레기 같은 작자에 불과하오. 내, 대의 속에서 죄 없는 자들의 목숨을 앗아 간 적은 많았으나 파륜(破倫)만은 생각지도 못했거늘, 그걸 스승이라는 당신에게 마지막으로 배우게 되는군."

노인은 싱긋 웃었다.

아름다움과 고결함으로 포장된 죽음의 미소.

청년은 정녕 자신의 마지막이 다가왔음을 깨달았다.

"기회를 주어도 잡지를 못하는 그 어리석음은 도통 고쳐질 기미가 보이질 않는구나. 예나 지금이나 넌 그러했지."

"어느 것을 선택해도 독사가 우글거리는 늪지대 일진대 그걸 잘도 기회라 부르는구려. 정(正)과 의(義)가 이미 당신에게 없음을 알았으니 소인배의 더러운 혓바닥으로 날 흔들 생각 따위는 하지 마시오."

여유롭던 노인의 얼굴이 굳어졌다.

그냥 넘기기에는 너무 모욕적인 언사였다.

"혓바닥 잘 놀리는 것도 변하질 않는군."

"당신의 사람 농락하는 못된 심보도 어찌 변하질 않소?"

"이놈! 정녕 네놈이 천 갈래로 찢겨 죽는 고통을 당하고 싶은 것이냐?"

"이미 마음이 만 갈래로 찢겼거늘, 천 갈래로 찢기든 불에 타 죽든 목이 달아나든 내 관여할 바 아니오. 더 이상 당신 낯짝을 보며 말 섞기 싫소. 어서 죽이시오."

노인은 무서운 눈으로 청년을 노려보다가 이내 파안대소(破顔大笑)를 터트렸다.

"죽일 놈이지만, 네놈의 기개 하나는 대단하다 아니 말할 수 없구나. 안타깝도다. 네놈이 연관되지만 않았다면, 내 너에게 모든 걸 물려주었어도 아깝다 생각지 않았을 터. 좋다, 이만 너의 생을 끊어 주겠다."

노인의 손이 천천히 올라갔다.

마치 살랑이는 바람이라도 쫓으려는 움직임이지만, 청년은 직감적으로 깨달았다.

저 손이 자신의 머리에 닿는 순간 이승과 영원한 작별을 고해야 한다는 것을.

'너희들의 한을 풀어 주지 못해 미안하다. 그리고 소영…… 부디 잘 있으시오. 내 당신과의 추억을 결코 잊지 않으리다. 떠도는 귀신이 되어서라도, 당신만을 지켜 주리다.'

그의 눈이 감겼다.

1.
오왕기담(烏王奇談)(1)

머나먼 과거, 오(吳)나라의 왕 합려(闔閭)는 당시 오나라의 명장(名匠)으로 소문이 자자한 간장(干將)에게 값이나 시간을 따지지 말고 명검을 만들어 달라 주문하였다.

간장은 정선(精選)한 청동과 선철(銑鐵)을 구해 화로에 넣고 무려 삼 년이라는 긴 시간 동안 열을 가했지만 쇳물이 되지 않아 고심하였다.

그러자 그의 아내인 막야(莫耶)가 마침 몽중(夢中)에서 얻은 신묘한 비방이 있어 자신의 머리카락과 손톱을 깎아 용광로에 넣고 무려 삼백 명의 소녀들로 하여금 풍구(風歐)를 불게 하였더니 며칠 만에 쇳물로 녹았다.

일에 진전이 되어 간장은 마침내 두 자루의 검을 빚었더니 가히 천하의 명검(名劍)으로 화하였다.

음양의 법에 따라 음검(陰劍)을 막야, 양검(陽劍)을 간장이라 부르니, 이 두 자루의 명검은 호사가들의 입에 오르내려 이후에 없을 찬사를 받았다. 간장막야의 쌍검(雙劍)은 월(越)의 최고 명인인 구야자(歐冶子)가 만든 거궐(巨闕) 등과 함께 신검(神劍)으로까지 불리게 되었다.

절강성 북부, 큰 나무들과 적당한 높이로 경치가 일품인 무명의 산이 막간산(莫干山)으로 불리게 된 연유가 여기에 있었다.

전설과 신화로 묻어 나온 간장검과 막야검이 태어난 이 막간산은 지금도 신병(神兵)에 집착하는 많은 대장장이들이 하늘에 제(祭)를 올리기 위해 들리는 명소였다.

이천 년 전 고대 신화가 숨 쉬는 막간산.

올해 첫눈으로 온몸을 새하얗게 물들인 막간산에 오르며 남궁소소(南宮素笑)는 나직이 감탄했다.

비록 오악(五嶽)이나 천하제일기산(天下第一奇山)이라는 황산(黃山)은 물론, 그 외에 수많은 도교신산(道敎神山), 불도영산(佛道靈山)에 비하긴 무리가 있으나, 고요하게 품은 신화로 눈을 맞이한 막간산은 특유의 풍취가 있었다.

소담스러운 풍경과 우뚝 솟은 나무들 사이로 배회하는 바람이 제 스스로 풍류를 즐기는 듯했다.

그녀는 발과 눈이 만나 사박사박 함초롬한 소리를 내는 음률에 취해 저도 모르게 미소를 지었다.

눈처럼 새하얀 그녀의 얼굴은, 이름과 같이 하얀 미소가 일품이었다. 그러나 어딘지 모르게 차가운 기색이 역력하니, 날씨 탓은 아닐 것이고, 즉 그녀의 품성이 남과 다름을 말해 주는 것이리라.

그녀의 허리춤에서 투정을 부리는 고색창연한 장검(長劍) 한 자루조차 남궁소소의 차가움에 동화가 되어 실로 예리하고 차가워 보인다.

힘든 줄도 모르고 걷자 어느새 목적지에 도달했다.

막간산이라면 무인이든 대장장이든 반드시 한번 와 볼 만한 곳이라고 생각하며 그녀는 작은 모옥을 향해 걸었다.

추운 날씨는 의도치 않게 눈이라는 선물을 세상에 뿌렸지만, 모옥 옆, 대장간에서 터져 나오는 열기는 한 자락의 한풍과 설화(雪花)조차 용납하지 않았다.

멀리 떨어진 이곳까지 풍기는 열기에 남궁소소는 놀랐다.

어림 삼 장이나 떨어졌음에도 이렇듯 고아한 열기를 풍긴다면 대장간 안의 열기란 상상을 초월할 것이 분명했다.

어지간한 사람이라도 그 안에서 채 반 각을 버티지 못하리라.

그녀는 바람을 하나씩 모아 몸을 씻어 내고는 대장간에 다가갔다.

그 열기만큼이나 열정적으로 퍼지는 소리는 청아하기 짝이 없었다.

철과 철의 만남, 빨갛게 달아오른 무언가를 시커먼 망치로 쳐 대는 소리였다. 튀어 나가는 불똥이 바깥에서 보일 정도였다.

두드릴수록 강해지는 것이 연모(戀慕)의 심경만은 아닌 듯, 불꽃과 그림자 속에서 역동적으로 움직이는 사내는 연신 달아오른 철을 때렸다.

남궁소소는 지금 그를 건드리면 안 된다는 걸 직감적으로 깨달았다.

집중의 강함이 실로 놀라운지라 불꽃으로 일렁이는 철을 쳐다보는 사내의 눈동자 역시 붉게 달아올랐다. 눈 속에 철이 있는 것인지 철 속에 눈이 있는 것인지 분간이 가질 않는다.

그녀는 대장간 한쪽 옆에 서서 눈을 맞으며 가만히 서 있었다.

붉게 달아오른 철을 식힌 물에 넣자 짙은 연기가 밖으로 흘러나왔다. 철은 불꽃이었지만 연기는 먹구름을 닮았다.

시커먼 연기가 바깥으로 탈출을 감행했으나 새하얀 눈과 한풍을 맞아 자지러지는 비명을 질렀다. 남궁소소의 눈빛이 아련해졌다.

그렇게 무려 한시진이라는 긴 시간이 지나서야 사내는 모습을 드러냈다.

반백의 머리카락은 아무렇게나 풀어헤쳤고, 가슴께까지 내려오는 수염은 땀으로 젖었다. 상체를 벗어 던져 굴강한 근육을 그대로 드러낸 사내는, 나이에 맞지 않게 참으로 건장해 보였다.

단단한 그의 몸이 차가운 바람을 맞아 투명한 연기로 투덜댔다.

이제야 천명을 깨달아 나아가야 할 바에 정진할 수 있다는 쉰 살.

지천명(知天命)의 초로인은 머리와 어깨에 눈을 쌓은 남궁소소를 보지도 않은 채 말했다.

"어제부터 흰 눈이 멈출 생각 없이 내려앉더라. 어쩐지 귀한 손님이 올 것 같아 큰맘 먹고 질 좋은 여아홍(女兒紅)을 구했는데, 고사(故事)도 있고 하니 함부로 질녀(姪女)와 나누기는 힘들겠다."

딸이 태어나면 시집보내기 전 묻어 두었다가 시집을 갈 때 꺼낸다는 술이 여아홍이었다. 소흥에서 시작된 고사라 하여 소흥주로 더욱 유명한 술이다.

남궁소소는 눈을 털고 정갈한 걸음으로 초로인의 뒤로 다가갔다.

"직접 묻었으면 모를까, 은전을 건네고 받은 것이니 숙부님께서는 괘념치 않으셔도 될 듯합니다."

먼 산을 바라보던 초로인은 아리따운 음성을 듣

고서야 몸을 돌려 조카딸을 바라보았다.

흩날리는 눈발과 매서운 한풍도 온화한 숙질 사이를 비집고 들어오지 못했다.

"허허. 마지막으로 봤을 때만 해도 치기가 방만하여 그리 애를 먹이더니, 이제는 방년의 처자가 다 되었다. 넘쳐흐르던 치기는 어디로 팔아먹고, 두 눈에 설풍(雪風)만 그득하구나. 이리 차가워서야 남자가 꼬일 리 만무하겠으나, 혹 벌써 혼례를 치른 건 아니겠지?"

"육 년 만에 만난 질녀에게 벌써 혼인 여부를 묻는 분은 천하에 숙부님뿐일 거예요."

초로인, 당무환(唐武喚)은 씨익 웃음을 지었다.

비록 잘나 보이는 외모라 할 순 없어도 장인이 되기를 꿈꾸며 얻은 깊은 주름과 새하얀 이빨은 시원스러운 호협(豪俠)의 기상이 뚜렷하다.

남궁소소는 숙부의 웃음을 보고 천천히 무릎을 꿇었다.

"남궁가의 소소가 당 숙부님께 인사 올립니다."

"되었다. 바닥도 찬데 냉큼 일어나거라. 일신의 공부가 뛰어나다 해도 여인에게 찬기는 좋지 못한 법이다."

허례허식을 싫어하는 숙부의 성격은 여전하다고 생각하며 남궁소소는 천천히 몸을 세웠다.

얼음처럼 차가운 그녀의 두 눈동자 속에도 어느새 초여름의 훈풍이 불었다.

"그래. 형님은 잘 계시느냐?"

"건강하십니다."

"맞상대할 기사(棋士)를 찾는 건 지금도 여전하시고?"

"숙부님이 오셔야 겨우 맞수가 될 것 같아요. 가내(家內)의 어르신들 전부 아버님께 패하시어 설욕전을 준비하느라 분주하십니다."

"이 녀석아. 내 바둑돌 놓은 지가 칠 년이 넘었다. 이전이야 혈기가 넘쳐 자웅을 겨룰 만했다 하나, 죽자고 철만 두드리니 영 머리가 굳은 느낌이다. 그럴 리야 없겠지만 혹시라도 날 부를 기세거든 능소능대(能小能大)하던 호시절은 물 건너갔다고 알리거라."

"말씀 드려도 아버지께서 믿지 않으실 거예요."

한차례 호탕한 미소를 짓던 당무환이 손짓으로 모옥을 가리켰다.

"반가워 말이 많았구나. 추운데 어서 들어가
자."

"네."

＊　　　＊　　　＊

소박한 방이었지만, 불을 떼고 찻잔까지 들어오
니 안온하기가 말할 나위 없었다.

금일 아침 객잔에서 깨끗이 목욕을 하기 전 한
시도 쉬지 않고 달렸던 오백 리 길이었다.

남궁소소는 이제야 피로가 모두 날아가는 것 같
은 마음에 절로 나른해졌다.

남궁소소는 따뜻하게 손을 녹이는 찻잔을 쥐었
다.

"최대한 건조하게 관리했다고 생각했는데, 맛이
어떨는지 모르겠다. 이른 봄에라도 왔으면 서호용
정(西湖龍井)을 준비하는 건데, 너무 이르게 온
네 운을 탓하거라."

"용정까진 바라지도 않아요. 이것도 향기가 좋
은데요?"

"클클. 힘들 때 마시는 술이 달다고 안 하더냐?

그 또한 쉬이 맛볼 차가 아니니 네 무덤덤한 혓바닥에 제법 자극이 될 것이다. 인석아, 이 숙부가 아니라면 네 혀가 언제 이런 호사를 누려 보겠느냐?

"어릴 적 제게 처음 당과(糖菓)를 사 준 분도 숙부셨지요."

육 년 만에 만난 숙질이었지만, 그들의 분위기는 어색해질 줄을 몰랐다.

둘은 서로의 안부를 묻고 흐르는 세상사를 입에 담으며 넉넉한 대화로 추위를 이겨 냈다.

철을 두드려 대는 대장장이의 열풍과 고아하면서도 마력적인 차가움을 가진 여인의 대화는 오묘하게 휘돌아 단단히 여문다.

"그래. 한데 네가 이곳까지 무슨 바람이 불어서 왔느냐? 보아하니 봇짐도 제법 옹골차게 싸서 온 것 같은데. 그 나이에 가출이라면 너무 늦은 것 아니냐?"

"서호신가(西湖申家)의 소가주(小家主)가 한 달 뒤에 혼례를 올린다고 해서요. 본래 가내 어르신들이 오셔야 하지만, 한창 바쁘실 시기라 저와 제 오라버니가 대리 참석하기로 했어요. 가는 김에 간만에 숙부님도 뵐 겸 해서 왔습니다."

"서호신가의 소가주라면…… 그 서글서글하니 길가다가 뺨 맞아도 웃을 대책 없는 호인을 말하는 거냐?"

남궁소소는 여전히 차가운 얼굴이었지만 숙부의 앞에서 미소를 감추지 못했다.

"숙부님께서 기억하시는 사람이 맞을 거예요."

"허어! 세월 흐르는 바야 화살과 같다지만 그 어린놈이 벌써 혼례를 올린단 말이냐? 참으로 맹랑한 놈이로세. 하기야 네가 이리도 컸으니 그놈도 제 짝을 찾을 나이지. 무인 행세나 한답시고 천하를 방랑하다 말년에 쓸쓸이 굶어 죽는 것보다는, 삼생의 연을 함께할 배필을 얻어 오순도순 살아 보는 것이 아무래도 낫지 않겠느냐?"

그리 말하면서도 정작 독신인 당무환은 아쉬운 기색이 없었다.

이미 남녀 간의 정리에 닳고 닳아 홀로 의(義)를 세운 일세의 기인이었기에, 그는 자신만의 삶을 진정 사랑하고 있었다.

그는 입맛을 쩍 다셨다.

"그래도 그렇지 젊은 놈들이 하나둘 둥지를 찾

아 떠나가는 걸 보면 어째 애석하구먼. 그 망할 꼬맹이 볼기짝을 두들겼던 적이 어제 일처럼 생생하거늘."

"저보다 두 살이나 많은 걸요?"

"너보다 두 살이 아니라 스무 살이 많아도 나한텐 어리다, 이놈아."

거침없는 말투였다.

철 두드리는 일을 생업으로 삼은 대장장이의 호호탕탕한 기질이 고스란히 드러나는 말투는, 굵고 연륜 있는 목소리로 퍼져 나가 정감이 간다.

얼음장처럼 차가운 남궁소소의 얼굴에 웃음이 번지는 이유였다.

"그나저나 네 오라비도 참석한다면서 어찌 홀로 왔느냐? 망할 놈이 나 보기 싫다대?"

"아니요. 삼 년 폐관(三年閉關)이 끝난 지 얼마 되지 않아서요. 심신을 안정시키고 후에 출발한다 하여 저만 먼저 출발했어요. 아마 오늘 날짜로 나섰을 겁니다."

"푸헐. 그 나이에 삼 년의 폐관이라……. 너도 그렇고 네 오라비도 그렇고 무재(武才) 하나만큼은 당대에 비견할 만한 놈들이 몇 없었지. 남궁

형님은 아들딸 잘 둬서 든든하시겠다."

"과찬이세요."

드넓은 천하 대륙, 강호(江湖)라는 고풍스러운 단어로 불리는 중원(中原)에서도 지닌바 무재가 대단하고 무재에 어울리는 무예까지 출중하니, 대강남북(大江南北)을 통틀어 열 명의 젊은 무인을 남북십걸(南北十傑)이라 부르며 대륙의 별로 꼽았다.

각지에서 선별된 후기지수(後起之秀)들인 만큼 그들의 무력은 젊은 나이에 맞지 않게 고강하기 짝이 없어 이미 어지간한 중견 고수들도 맞상대하길 피할 정도였다.

한 성(省)에 한 명이 나오기도 어려울 정도로, 남북십걸의 위명은 천하를 경동케 하는 것이었다. 그런 남북십걸에 황산 밑으로 똬리를 튼 남궁세가(南宮世家)에서 무려 두 명이나 배출이 된 것은 실로 기경할 일이다.

세인들은 남궁소소와 그녀의 오라비를 남궁이수(南宮二秀)라 하였고, 둘은 남북십걸 중 북오걸(北五傑)의 두 자리를 차지하고 있었다.

"어떻게, 자고 가려느냐? 아니면 내려가 객잔

을 잡을 것이냐? 좀 볼품없는 집이긴 하나 나름 깔끔하게 치우고 산다. 방이 두 개라 너 하나 써도 나 잘 곳은 있으니, 혹시나 더럽다거나, 죄송할 것 같아서 내려간다는 웃기는 소린 아예 할 생각도 마라."

세상에서 거친 농담을 이렇게 맛깔스럽게 하는 사람은 당무환이 유일할 것이라 생각하며 남궁소소는 고개를 숙였다.

"어릴 적에 어른의 맛이라며 엄청 매운 동파육(東坡肉)을 만들어 주신 적이 있으셨죠? 그 동파육도 못 먹었는데, 질녀가 이대로 갈 수 있나요. 여아홍도 이참에 따시는 게 어떠세요?"

"허허. 이 녀석이 얼음을 낯짝에만 깔아 놨지, 속은 아주 능구렁일세. 제법 유쾌한 말상대가 되어서 왔구나. 오냐, 오늘 어디 한번 우리 질녀가 어른 된 기념으로 속 시원히 대작 한번 해 보자. 시구(詩句)는 미리 생각해 놓아라."

정말 바뀐 게 하나도 없는 분이라 생각하며 남궁소소는 조금 더 짙은 미소를 지었다.

그녀가 어릴 적 당무환은 그녀의 아버지와 자주 대작했다. 둘은 취기가 돌기 시작하면 달빛 아래에서 서로 시를 주고받으며 풍류를 즐겼다.

당시 어린 그녀가 보아도 당무환의 호탕함과 박학다식(博學多識)함은 대단한 매력이었다.

철을 다루는 솜씨는 물론 요리, 무공, 시서예화(詩書藝畵)에서까지 뛰어난 기량을 발휘하는 당무환은 이미 강호에서 십절신수(十絶神手)라는 별호로 유명했다.

"자, 그럼 재료나 구하러 가 볼까? 겨울이라 풀쪼가리 구하긴 어려우니, 좀 심심해도 이해해라."

"그럼요, 걱정하지 마세요."

따뜻한 방 안과는 달리 바깥은 여전히 추웠다.

정오, 눈이 그쳐 햇빛이 비쳤지만 산 사이사이로 파고드는 한풍의 매서움은 도무지 나아질 줄을 몰랐다.

도란도란 얘기를 나누며 숯질 간 따스한 시간을 가지던 둘의 안온함을 불시에 깨트린 건, 한 마리의 까마귀가 등장했을 무렵이었다.

남궁소소는 까마귀가 대장간 마루에 앉자 살짝 눈살을 찌푸렸다.

예나 지금이나 까마귀를 길(吉)하다고 생각하는

사람은 드물 것이며, 그건 남궁소소 역시 마찬가지였다.

하지만 그녀는 금세 놀라야만 했다.

까마귀는, 제법 먼 거리임에도 불구하고 그녀의 생각보다 더 크고 우람했다. 눈은 파랗게 빛났고, 부리와 발톱의 굴강함은 강철도 쪼개 버릴 것 같았다. 필시 창공의 제왕이라는 신우(迅羽)조차 까마귀의 묘한 마력 앞에서는 그 웅혼한 깃을 접으리라.

이미 사냥을 끝마친 듯 푸른 눈의 신비한 까마귀는 부리에 큼직한 쥐를 물고 있었다.

"저렇게 큰 까마귀는 처음 봐요. 괜히 불안한 걸요?"

동의를 얻기 위해 숙부를 바라보았던 남궁소소는 재차 놀라야만 했다.

어릴 적에도 그랬지만 지금까지 단 한 번도 웃음이 없었던 적 없던 숙부의 얼굴에, 다시는 보기 힘들 심각한 표정이 떠올랐기 때문이다.

굵고 기다란 눈썹은 서너 개의 굵직한 주름을 만들며 일그러졌고, 새하얀 이빨로 호탕함을 알린 입가는 꾹 다물어 묵직한 분위기를 자아냈다.

그녀는 숙부의 이런 심각한 모습을 처음 목도한 것에 대한 놀라움을 느끼기도 전에, 두 눈을 질끈 감으며 고통스러운 듯 입을 앙 다무는 당무환의 모습에 다시 놀랐다.

"소소야."

"네, 숙부님."

"손님이 온 모양이다. 일이 끝난 후 얘기하자."

"손님이요?"

남궁소소는 주위를 둘러보았지만, 아무리 샅샅이 뒤져도 손님이라고 부를 만한 사람은 없었다.

여전히 매섭게 부는 바람은 바닥에 깔린 눈을 허공으로 이끌었고 내리쬐는 햇살은 한풍의 무도함을 따스한 육중함으로 내리눌렀다.

도착했을 때처럼 평범하고도 맑은 광경이었다.

"아무도 없는 걸요?"

당무환은 대답하지 않았다.

그저 뒷짐을 쥔 채 마루에 앉은 까마귀만 노려보았다.

작은 핏방울이 똑똑 떨어져 이미 숨이 끊어진 쥐를 뜯어먹던 까마귀 역시, 시선을 알아차렸는지 당무환을 마주 노려보았다.

말 한마디 걸기 어려운 분위기에 남궁소소는 침묵했다.

한낱 맹금(猛禽)과, 천하에 명성이 자자한 대장장이이자 무인의 눈싸움이라고 보기에는 지나치게 치열한 감이 있었다.

성격이 호탕하고 배려심이 좋은 당무환이었지만, 그가 마음먹고 눈을 부릅뜨면 호랑이도 도망갈 것임을 남궁소소는 능히 알고 있었다. 그러나 까마귀는 그 요사한 눈동자를 더욱 빛내며, 여전히 당무환을 마주 보았다.

종(種)에 어울리지 않는 크기도 그러하고, 보통 까마귀는 아닐 것이다.

특히 다른 걸 떠나서 그녀는 호협이라고까지 불리는 당무환을 이리도 심각하게 만든 문제가 무엇인지 진심으로 궁금했다.

문득 당무환은 탄식했다.

"오왕(烏王)……. 짧아도 봄에야 오리라 생각했거늘 참으로 빠르구나. 벌써부터 온 산에 살기가 가득하니, 한 해 전보다 흉악해졌음은 말할 나위가 없겠다."

오왕, 그저 풀이하자면 까마귀 중 왕을 말한다.

남궁소소는 당무환에게 오왕이 누구이며 왜 이렇게 심각하신지, 온 산에 살기가 가득하다는 게 어떤 의미인지 묻고 싶었다.

그러나 그녀의 입은 이내 열리지 못했다.

그것은 자의가 아닌 강제(强制)였다.

그녀는 팔에서부터 시작한 소름이 찰나에 온몸으로 전파되는 느낌을 받았다. 그렇지 않아도 추운 날씨에 아직 얼지 못한 계곡물을 한 바가지 뒤집어쓴 기분이었다.

머리카락 한 올, 한 올이 바늘처럼 일어나는 느낌이란 실제 경험해 보지 못한 사람은 알 수 없는 매서움이 있었다.

뽀드득. 뽀드득.

바닥에 깔린 눈과 사람의 발이 만나 퍼지는, 아주 기분 좋은 소리는 지금 이 순간 결코 아름답지 못하다.

당무환과 남궁소소의 눈이 한곳을 향했다.

그곳에서 한 명의 남성이 천천히 올라오고 있었다.

바람 때문에 허공을 이리저리 유영하는 머리카락이 이내 가라앉아 얼굴에 장막을 둘러쳤다.

시간이 조금 지나 가슴, 그리고 산뜻하게 움직이는 두 다리가 두 노소의 눈에 비춰 들었다.

뒷목까지 내려오는 머리카락을 꽁지로 묶은 사내는, 그러나 앞머리 처리를 제대로 하지 못해 얼굴의 반 이상을 가렸다.

매서운 날씨임에도 불구하고 시커먼 무복 위, 얇은 흑포(黑袍) 한 자락만 걸쳤는데, 기이하게도 남자의 모습에선 한 줌의 추위도 느껴지지 않았다.

육 척이 넘어가는 이 기괴한 장신의 사내는 심지어 뭔가를 질질 끌고 왔다.

조금 집중해서 본 남궁소소는 사내가 아무렇지도 않게 끌고 온 것이 거의 이백 근은 나갈 듯한 거대 멧돼지라는 걸 깨달았다.

죽은 멧돼지의 입안으로 무감각하게 손을 넣은 사내는 그렇게 큰 멧돼지를 마치 삭정이 뭉치를 끄는 것처럼 가벼이 끌고 왔다.

나무 사이로 파고든 한줄기 한풍이 사내의 얼굴을 스치고 지나간다. 얼굴을 가렸던 사내의 머리카락이 좌측으로 힘껏 뻗어 나가다가 다시 내려섰다.

남궁소소는 큰 충격을 받았다.

한순간 보인 사내의 얼굴은, 그녀의 짧은 인생에서 처음 본 강렬함이 있었다.

잘생겼다고 보기 어렵지만, 그렇다고 못생기지도 않은 평범한 얼굴, 짙은 눈썹 밑에 자리 잡은 두 눈은 겨울의 추위조차 따스하게 만들 정도로 압도적인 냉기가 가득했다.

흑백이 뚜렷한 눈동자, 그러나 검은색 동공이 하얗게 보일 정도로 차가운 안광(眼光)이었다.

거기에 좌측 볼에 새겨진 일자형(一字形)의 검상은 사내의 인상을 냉혹무비(冷酷無比)로 만들어 주는 화룡점정이었다.

남궁소소는 자신도 모르게 침을 꼴깍 삼켰다.

주위에서 많이들 차갑다고 얘기하지만, 사내에 비한다면 자신의 인상은 봄바람의 따스함이라 표현해도 무리가 없을 거라 그녀는 자신했다.

사내는 여전히 불안함이라곤 일절 찾아보기 힘든 걸음으로 멧돼지를 끌고 와 당무환의 앞에 섰다.

당무환의 표정은 복잡했으나, 사내의 안색은 변함이 없다.

먼저 입을 연 것은 사내였다.

"추운 겨울 잘 지내시라 멧돼지를 잡아 왔소. 대금이라 하긴 뭣하지만, 보름치 식량 정도로는 무리가 없을 것 같소."

사내의 음성은, 그 비할 데 없는 눈동자만큼이나 차가웠다.

묵직하게 가라앉은 목소리에도 이렇게 차가움이 가득하다는 것이 신기하다고 남궁소소는 생각했다.

당무환은 나직이 한숨을 쉬었다.

"행보의 속도가 놀랍구먼. 빨라도 두 달 후에나 볼 줄 알았건만."

"운이 좋았소."

"운이 좋았다…… 그렇겠지. 자네에게는 운이 좋았군."

"제작 완료에 문제가 있다면 후에 다시 오겠소."

"완성은 되었네. 정확히 열흘 전에 끝낼 수 있었지."

"그렇소?"

지극히 냉정하고 단조롭고 무관심하기까지 한

사내의 말투는 도저히 어른에게 할 법한 예의가
묻지 않았다.

남궁소소의 안색이 얼핏 더 차가워졌다.

그녀는 세속의 때가 묻기 싫어 막간산에 터를
잡은 당무환을 존중하고 존경까지 했으나, 그런
당무환에게 함부로 대하는 사람까지 존중할 마음
은 없었다. 당무환은 사내보다 적게 잡아도 이십
년은 많이 산 어른이었다.

당무환은 사내의 눈을 가만히 쳐다보다가 몸을
돌렸다.

"기다리게, 금방 가져옴세."

한풍을 젖히며 대장간으로 향하는 당무환의 발
걸음은 어쩐지 주저하는 기색이 강했다.

그렇지만 멈추지 않는 걸음으로 금세 대장간 안
으로 쏙 들어섰다.

차가운 남녀 둘은 같은 공간 안에 있음에도 서
로를 쳐다보지 않았다.

애초에 사내는 남궁소소에게 관심이 없어 보였
고 사내의 이모저모를 뜯어보던 남궁소소 역시 괜
스레 기분이 좋지 않아 시선을 돌렸다.

두 명의 남녀 사이로는 겨울의 매서운 바람도

들어오지 못했다.

대장간으로 들어간 당무환이 다시 나온 시간은 들어갈 때만큼이나 빨랐다.

들어갈 때는 맨손이었지만, 나올 때는 때가 묻은 천으로 돌돌 말린 짐을 쥐고 있었다.

당무환은 사내에게 짐을 건넸다.

"자, 풀어 보게."

사내의 거친 손이 천을 스치고 지나갔다.

애초에 찢어진 것인지, 아니면 사내의 묘한 손놀림에 찢어진 것인지 남궁소소는 알 수 없었다.

때 묻은 천이 세로로 깔끔하게 찢어지며 꼭꼭 숨겨 두었던 미지의 물체가 모습을 드러냈다.

그것은 한 자루의 철검(鐵劍)이었다.

어디에서나 볼 수 있을 법한, 그다지 대단치도 않아 보이는 단단한 철검.

다만 특이한 점이 있는데, 온전한 길이를 자랑해야 할 철검이 중간에서부터 뚝 부러진, 반검(半劍)의 형태를 하고 있었던 것이었다.

검파(劍把)는 시커먼 가죽 끈으로 돌돌 말아졌고, 검갑 역시 아무런 특색이 없는 흑색으로 이루어졌다. 검이 검갑에 들어갔다면 모르되 검신을

드러내니 검이 아니라 마치 고철덩어리로 보일 정
도였다.

　남궁소소는 설마 이 볼품없는 철검을 당무환이
만들었다고 믿기 어려웠다.

　당무환은 천하에서 능히 열 손가락 안에 드는
장인으로서 명성이 자자한 신장(神匠)이었다. 그
의 손을 거친 명검보도(名劍寶刀)들이 얼마나 많
고 폐기되어 마땅할 병기가 신광(神光)을 발한 적
이 얼마나 많던가.

　사내는 손가락을 하나 들어 철검의 검면을 쓰윽
훑었다.

　보통 검이란, 베는 것보다 찌르는 것에 적합한
병기로써 부러지는 것을 방지하기 위해 검날의 예
기(銳氣)는 줄이고, 검첨(劍尖)을 뾰족하게 세워
날카롭게 만드는 것이 정석이었다. 그렇지만 이
부러진 철검의 검날은 예리함을 줄여도 심하게 줄
인 듯했다.

　마치 오랫동안 쓴 나무꾼의 도끼를 보는 것 같
았다.

　그나마 이 철검에서 유일하게 감탄이 나오는 부
분이 있다면 검파의 끝에 달린 시커먼 색깔의 철

환(鐵環)이었다. 오묘한 광택으로 빛을 빨아들이는 착각이 인다.

그러나 당무환도 사내도 아무런 말이 없이 거무죽죽한 철검의 검신만을 주목했다.

"고맙소. 기대 이상이오."

"마음에 든다니 다행이군. 그 녀석에게 붙은 귀기(鬼氣)를 떨치려고 한 달간 집중했네. 지독하더군."

장포자락으로 숨은 요대 좌측에 철검을 찬 사내는, 지금까지 해 왔던 차갑고 퉁명스러운 말투에 어울리지 않게 정중히 두 손을 모아 내밀었다.

천천히 내려가는 고개, 얼굴을 가렸던 머리카락 역시 밑으로 점점 내려갔다. 말투와는 다른 공경의 예법이었다.

"고생의 보답으로 멧돼지 한 마리는 너무 작았소. 고맙소."

"절대로 돈 준다는 소린 안 하는구먼."

"귀하가 원치 않음을 알고 있소."

당무환은 사내가 나타난 이후 처음으로 웃었다.

코웃음도 웃음에 포함이 된다면, 분명 당무환은 웃었다.

"알고 있으면 됐네. 호랑이나 한 마리 잡아 오지 웬 멧돼지란 말인가? 덕분에 재료 구하러 갈 일은 줄어들었지만."

가만히 그를 바라보던 사내는 아무 말도 하지 않고 손을 옆으로 뻗었다.

그것이 도대체 어떤 의미일까 잠깐 주춤했던 남궁소소는 사내가 팔을 뻗은 의미를 곧장 깨달았다.

대장간의 마루 위에 열심히 쥐고기를 뜯고 있던 까마귀가 빠른 속도로 날아 그의 팔뚝에 앉았다. 까마귀의 발톱이 실로 날카롭고 단단함에도 사내의 팔에는 한 점의 피도 흐르지 않은 것이 신기하다.

"이만 가 보겠소."

그대로 사내는 등을 돌렸다.

약간은 마른 듯하면서도 당당하기 짝이 없는 사내의 뒷모습이 남궁소소의 눈을 아프게 찔렀다.

그러나 당무환은 사내가 등을 돌리든 말든 신경도 쓰지 않고 말을 걸었다.

"이제 어디로 가는가?"

"말할 의무가 없소."

차갑디차가운 말이었다.

세상사 무수한 경험으로 노회해진, 어떤 지략가보다도 마음의 경동이 작다 자부하는 남궁소소였지만, 그녀는 자신의 숙부에게 이토록 무례한 사내에게 점점 화가 나는 걸 느꼈다.

그러나 그녀는 여전히 침묵했다.

당무환이 나서지 않는데 질녀인 자신이 나서는 것도 우스운 일이다.

당무환은 고개를 천천히 끄덕였다.

"확실히 자네가 가져온 멧돼지로는 대금의 값으로 온당치가 않아. 그렇다고 내가 돈을 받긴 뭐하고, 어차피 내 막으러 갈 사람은 아니니 부족한 잔금을 채운다고 생각하게."

가던 길을 멈추던 사내는, 그러나 뒤도 돌아보지 않았다.

팔뚝에 올라섰던 까마귀는 어느새 그의 어깨에 자리를 잡았다. 펄럭이는 흑색의 장포자락이 흩날리는 까마귀의 깃털과 묘하게 잘 어울렸다.

남궁소소는 무관심한 사내의 뒷모습에 부아가 치밀었지만 새하얗게 변할 정도로 주먹을 꾹 쥐는 모습에 살짝 놀랐다.

아주 미세하게 떨리는 손. 격동 어린 손.

이전보다 한결 더 차가워진 음성이 화살처럼 두 숙질에게 날아들었다.

"항주(杭州)로 가오."

"항주…… 결국 그곳이로군. 검을 제련할 때 짐작은 했네만, 그렇다면 이번엔 오상검문(五象劍門)인가?"

"그렇소."

당무환은 답답한 한숨을 쉬었다.

빳빳한 수염과 굵은 입술을 뚫고 나온 숨이 하얗게 변해 하늘로 올라갔다.

"만만치 않을 걸세."

순간 남궁소소는 물론 당무환 역시 몸을 흠칫 떨었다.

보이지 않는 뭔가가 그들의 등골을 오싹하게 만들다 사라진다.

그 뭔가의 정체를 잘 알고 있었기에 남궁소소의 손이 절로 허리춤에 향했다. 그곳은, 수년이 넘도록 분신처럼 살아온 그녀만의 검이 자리를 잡은 곳이었다.

조용하고 묵직한, 잔잔하게 흐르는 살기(殺氣)

앞에서 사내는 말했다.

"응당 그래야 할 것이오."

그렇게 사내는 사라졌다.

사내가 사라진 곳에는 차가운 겨울 한풍만이 남아 있었다.

남궁소소는 무서운 살기를 풍기고 사라진 사내의 정체가 굉장히 궁금했다. 처음도 그랬지만 마지막에서 풍기던 살기란 가히 끔찍하다는 단어가 떠오를 정도였다. 평범한 사람이라면 결코 이만한 살기를 품을 수도 없고, 내보일 수도 없으리라.

아직까지도 팔뚝에 소름이 남아 있다.

"누구죠?"

"저 친구 말이냐?"

"네, 범상치 않은 검객(劍客) 같던데."

기분 나쁜 사람이기도 하지만. 남궁소소는 저절로 뒤에 따라붙는 심정을 억눌렀다.

당무환은 피식 웃었다.

"검객이라…… 너도 아직 멀었구나."

"검객 아닌가요? 물론 보잘것없는 검을 쥐긴 했지만……."

"무도(武道)를 일부 깨우친 너이니만큼 겉으로

보이는 게 전부가 아님을 잘 알고 있을 것이다. 검 하나 찼다고 검객이라면 서생이 창을 쥐어도 군인이란 말이냐?"

억지이긴 하지만 남궁소소는 할 말이 없어졌다.

당무환은 자신의 질녀를 빤히 쳐다보다가 한숨을 쉬었다.

왠지 잠깐 동안 그의 수명이 삼 년은 줄어든 것처럼 보였다.

"그는 귀신이다. 모든 걸 다 잃은."

남궁소소는 이해할 수 없는 당무환의 말에 당황했지만 굳이 티를 내지는 않았다.

그렇다고 궁금증이 사라지는 건 아니었으니, 분위기만큼은 어쩔 수 없어 당무환은 질녀의 얼굴을 보고 웃어 버렸다.

그는 가만히 하늘을 올려다보며 속으로 탄식하였다.

'흐름이 바뀌는구나. 불손한 움직임이 과하다고 생각하진 않았지만 역시…… 다른 왕들도 서서히 기지개를 켤까?'

*   *   *

노인은 허리를 두들겼다.

"어이쿠. 나이가 드니 이거야 원. 이 짓도 못해 먹겠다."

옆에서 차를 마시던 젊은 여인이 곱게 뜬 눈으로 핀잔을 주었다.

"할아버지 말을 누가 믿어요? 아픈 척 하지 마세요. 앞으로 백 년은 더 사실 분이."

"예끼, 이년아! 늙은이를 그리 놀리는 게 아니다! 그리고 막말로 더 사는 거하고 허리 아픈 거하고 무슨 상관이야? 백 년 더 산다고 허리 아프면 안 돼?"

어린아이 같은 투정이고 울화였다.

한두 해 본 모습은 아니라지만 도무지 대할 때마다 답이 나오지 않는다.

여인은 이내 고개를 돌려 버렸다.

이 꼴을 볼 바에야 눈도 닫고 귀도 닫는 게 묘책임을 옛날에 깨달았던 것이다.

겉으로만 보자면 여인의 행동이 참으로 부덕하다고 할 만하지만, 실상 알고 보면 그리 어색한 상황은 아니었다.

젊은 여인은 이대(二代)가 황궁 고위 관리를 배출한 명문가의 자제였고, 늙은이는 집안의 종복이었으니까.

되레 이년저년 하는 노인의 행태가 더 예에 어긋나는 것이었다.

그러나 노인이나 여인이나 그걸 문제 삼지는 않았다.

다만 지독한 익숙함만이 두 노소를 맴돌았다.

장작을 패던 도끼를 휙 뒤로 던져 버린 노인이 여인의 옆에 털썩 앉았다.

"휴우, 덥다. 겨울인데 왜 이리 땀이 나는지."

"냉수라도 한잔 드릴까요?"

"이년 보소? 망할 것아, 이 추위에 냉수 마시면 내일 돼서 피똥이나 싸지 괜찮을 성싶으냐? 어찌 이리 생각이 없을꼬?"

여인의 눈썹이 살짝 올라갔다.

"덥다면서요? 그럼 냉수 마시면 되죠!"

"내 몸을 생각해 봐. 늘그막에 아프기까진 싫다."

"허리 아프다면서."

"그럼 네 아비한테 받은 돈으로 할애비 맛난 거

나 좀 사 주련? 술이라도 한잔 마시면 요 아픈 허리가 흐물흐물 싹 나을 것 같은데."

"냉수 마다한 사람이 왜 술을 찾아?"

"점점 말이 짧구나."

실랑이 해 봐야 뭐할 것인가. 결국에는 자신만 피해다.

여인은 투덜대며 차를 홀짝였다.

어렸을 때부터 고아한 예법과 학문으로 소양을 닦았던 그녀였지만, 이 노인과 있을 때면 도무지 가만히 있을 수가 없었다.

노인과 한바탕 일장연설을 주고받을 때면 배웠던 예법도 학문도 쓸 수가 없었지만, 답답함이 많이 사라지곤 했다.

어렸을 때는 자신을 무시하는 노복이 싫었거늘, 그녀도 나이를 먹었는지 이제는 불쌍한 노인, 말동무나 해 주자는 심경이었다.

여인은 가만히 노인의 머리를 바라보았다.

못 본 사이에 흰머리가 더 는 것 같았다.

일전 학당에 다닐 때는 신경조차 쓰지 않았으나 막상 이렇게 보니 마음이 좋지가 않았다.

그래도 일평생 집안을 위해 쉬운 일, 어려운 일,

가리지 않고 행했던 충복이었다.

그녀는 한숨을 쉬었다.

"가만있어 봐요. 한 병 숨겨 둔 거 꺼낼 테니까."

노인은 음충맞게 웃었다.

"흐흐, 이년아. 공부나 할 것이지 벌써부터 그리 술을 좋아해서 어디 쓰겠느냐? 너하고 혼례 올린다고 줄을 짓고 선 선비들 많다지만, 그 뜨내기들이 알면 용케 시집이나 가겠다!"

"마시기 싫어요?"

"잘못했다."

여인은 낄낄 웃으며 방으로 들어섰다.

노인 역시 인자한 미소를 지으며 하늘을 바라보았다.

쌀랑한 날씨였지만 어딘지 훈훈했다. 그렇게 쏟아지던 눈도 오늘은 힘에 지쳐 햇빛에게 양보한 모양이다. 작게 구름이 낀 하늘은, 그래도 맑았다.

그때 저 멀리서 시커먼 점 하나가 보였다.

허공에 점이 찍힐 리는 만무하거늘 그것이 무엇일까 싶어 노인이 눈을 게슴츠레 떴다.

점은 무서운 속도로 커지더니 삽시간에 노인의 어깨로 내려섰다.

파닥이는 날개가 노인의 얼굴을 찰싹찰싹 때렸으나 노인의 안색은 변함이 없었다.

그는 익숙한 손길로 매의 발목에 돌돌 말린 종이를 꺼내 들었다.

종이의 내용을 읽어 보던 노인의 안색이 미미하게 굳어졌다.

"그래. 그랬단 말이지……."

그는 탄식을 터트렸다.

"이대로 조용히 늙어 죽었으면 좋으련만 역시 세상일이라는 것이 마음대로 되는 것은 아니로다. 대륙이 또 한바탕 홍역을 앓겠구나."

그때 여인이 술병과 술잔을 쟁반에 올린 채 다가왔다.

"할아버지. 여기 술 가져왔……."

그녀는 차마 말을 걸지 못했다.

어깨에 한 마리 매를 올려놓고 아련하게 하늘을 보는 노인의 모습은, 그녀가 난생처음 보는 모습이었다.

장난스럽던 이전의 모습은 한 톨도 찾아볼 수가

없다.

무도와 학문을 떠나, 세상을 오시했던 진짜 강자의 자연스러운 묵직함에 그녀는 침을 꼴깍 삼켰다.

노인이 종이를 꾹 쥐었다. 그러고 다시 손을 폈을 때 종이는 사라졌다.

"가라."

파드득!

힘찬 날갯짓으로 창공을 향해 날아가는 매는 나타났을 때와 같이 빠른 속도로 사라졌다.

노인은 자리에서 일어났다.

단순히 일어나는 동작 한 번이었을 뿐인데 이전의 분위기와는 너무나도 달랐다.

우두둑.

굽었던 허리가 펴지고, 주름이 자글자글했던 얼굴에선 왠지 모르게 광채가 나는 듯했다.

이전이 어디서나 볼 법한 평범한 노인의 모습이라면, 지금은 자각을 한 적선(謫仙)을 보는 듯했다.

어쩐지 신비로운 광채가 노인의 주변을 맴도는 것 같다.

실로 신선의 분위기가 이처럼 고아할 것인지.

노인의 눈이 여인을 향했다.

약간은 탁하고 깊었던 그의 눈동자는 너무나도 맑아 갓 태어난 아기의 눈과 닮아 있었다.

"미안하구나. 내 어디 갈 데가 생겼다. 술이라도 한잔했으면 좋겠는데 시간이 없어 그도 못하겠다."

"할아버지……."

"그동안 이 늙은이하고 놀아 주느라 고생이 많았다. 나도 덕분에 손녀가 생긴 것 같았으이."

그녀의 손에서 쟁반이 힘없이 떨어졌다.

쨍강!

술병이 깨져 비산했지만, 아무래도 좋았다.

여인은 맨발로 뛰어나와 노인의 옷깃을 잡았다.

본능적으로 느낀 것이다. 이것이 그녀 자신과 노인의 마지막이 될 것이라는걸.

그건 그녀도 알고, 노인도 알았다.

돌아올 수 없는 길.

"가지 마."

"화아야."

"가지 마, 명령이야. 내 종복이면 내 말을 들어!"

여인의 눈에서 영롱한 눈물이 흘렀다.

노인은 늙수레한 손을 뻗어 그녀의 눈물을 닦아 주었다.

이미 막을 수 없는 길이리라. 다시 볼 수도 없고 막을 수도 없다는 현실이 그녀를 슬프게 했다.

여인은 노인의 품에 안겨 엉엉 울었다. 참을 수 없는 서글픔이 눈물로 나와 고운 얼굴을 적셨다.

언제나 곁에 있어 주었던 할아버지.

기쁠 때도, 슬플 때도, 아플 때도, 옆에 있었던 사람이 아니던가.

그런 사람이 예고도 없이 영영 떠나겠다고 무언으로 말하고 있다.

작은 새끼새처럼 여린 그녀의 등을 토닥이던 노인은 잠시 잠깐 그녀를 떼어 놓았다.

어느 정도 떨어진 노인이 그녀를 향해 절을 올렸다.

"늙은이가 말년에 귀하신 아가씨를 모셔 참으로 영광이었습니다. 인생사에 무지몽매(無知蒙昧)했던 되바라진 노인이 아가씨 덕분에 품에 다 안지 못할 기쁨을 얻어 당장 죽어도 여한이 없습니다. 혼례를 올리는 모습까지 봤으면 했으나, 할 일이 있어 차마 보지 못할 아쉬움을 삼켜야겠습니다. 부디 옥체만강하시고 하고자 하시는 일에 만복이 깃들길 진심으로 기원합니다. 이 노복, 멀리서나마 응원하겠나이다."

정중하게 일어선 노인은 여인의 얼굴을 보고 피식 웃었다.

"술 좀 끊어, 이년아."

눈물로 얼룩진 여인의 얼굴에 미소가 드리워질 때 노인의 신형이 연기처럼 사라졌다.

　　타천토뢰(打天吐雷) 투기만장(鬪氣萬丈)
　　투왕(鬪王) 백성곡(栢星谷) 강호출도(江湖出道).

　　　　　　*　　　　*　　　　*

따악!

거침없이 도마를 내려치는 칼질에 푸줏간 고기가 깔끔하게 썰려 나왔다.

새하얀 뼈에는 한 점의 살점도 붙지 않은 기가

막힌 실력이었다.

작은 칼로 여기저기를 쑤셔 대며 완벽하게 뼈만 발라 내는 손길은 그야말로 신의 경지에 이르렀다 할 것이다.

푸줏간을 운영하는 수많은 백정들의 귀감이 될 만한 실력이었다.

커다란 고깃덩이를 잡고 슥삭슥삭 칼질을 해 대는 여인은 참으로 고운 여인이었다.

어찌 이런 피비린내 나는 일을 연약한 여인이 할까, 싶을 정도로 곱디고운 여인은 비록 나이가 조금 먹었지만 여전히 화사한 미모를 자랑했다.

적어도 세월의 잔인한 습격은 여인에게 비껴간 것 같았다.

중년이지만 기품과 완숙미가 젊은 여인들이 도저히 따라올 수 없는 미학의 종결을 보여 주었다.

어울리지 않은 일.

되레 그러한 미부가 푸줏간에서 칼질을 해 대니 더욱 섬뜩했다.

아무런 표정이 없는 손길로 썰어 대는 그녀의 분위기는 철담의 사내도 가까이 다가가지 못할 박력이 있었다.

"어이, 임 부인!"

무표정한 얼굴로 칼질을 해 대는 미부의 곁으로 한 명의 중년인이 다가왔다.

추운 날씨임에도 상체를 대놓고 드러낸 사내는 어깨에 도끼 하나를 걸치고 있었다.

임 부인의 눈이 중년인을 향했다.

중년인은 흠칫 놀랐다.

'제길. 뭔 놈의 눈이…….'

이미 몇 번의 거래로 익숙할 만도 하거늘 중년인은 여인의 눈빛을 제대로 쳐다본 적이 없었다.

투명하게 빛나는 임 부인의 눈은 도무지 사람의 눈이 아니었다.

기세 좋게 다가왔지만, 되레 꼬리 내린 강아지처럼 기게 된 중년인은 다 죽어 가는 목소리로 전낭 하나를 넘겼다.

"이번에는 좀 많이 필요하우. 육십 근 정도 주쇼."

임 부인의 눈이 광채를 발했다.

중년인의 고개는 점점 더 밑으로 향했다.

"육십 근이요?"

그녀의 눈빛과는 달리 목소리는 온화하고 부드

러웠다.

괜히 용기가 나 얼굴을 든 중년인은 투명한 얼음과 같은 눈을 보고는 다시 꼬랑지를 말았다.

"그렇수. 황 대인네 아들래미가 이번에 군문(軍門) 장수로 간다잖소? 가기 전에 집안에서 잔치 좀 열려는 모양이우."

"조금만 기다려요."

작업장 뒤편으로 간 임 부인은 곧 잘 손질이 된 엄청난 크기의 고기더미 두 개를 들고 왔다.

저 여린 팔에서 어찌 그런 괴력이 나오는지 임 부인은 핏대 하나 안 세우고 고기를 들었다.

터억.

바닥에 놓이자 땅이 살짝 진동하는 것 같았다.

중년인은 임 부인의 무자비한 완력에 치가 다 떨리는 걸 느꼈다.

사냥과 목재 관련 일로 평생을 보낸 그조차도 이런 신력(神力)은 처음이었다.

임 부인의 부드러운 음성이 그의 귓가로 파고들었다.

"원래라면 서른 냥을 받아야 하지만, 한 번에 사 가시니 닷 냥 깎아서 스물 닷 냥만 받겠어요."

중년인의 얼굴이 화색으로 물들었다.

다섯 냥이면 그와 같은 범부에겐 보통 큰돈이 아닌 것이다.

시켜서 한 일이긴 하나 중간에서 떼먹으면 열흘 술값은 문제가 없으리라.

"아, 알겠수! 고맙수다!"

"앞으로도 자주 애용해 주세요."

"여부가 있겠수? 정도 정이지만, 내 근방에서 여기처럼 고기 맛난 곳 못 봤수. 소문 자자하게 낼 터이니 임 부인은 고기 손질이나 잘해 놓으면 될 거유."

"고마워요."

중년인은 두 개의 고깃덩이를 턱턱 매었다.

허리가 다 휘청했지만, 공돈이 들어온다는 생각에 표정이 밝았다.

그는 온몸에 땀을 흘리며 기우뚱거리면서도 기어이 들고 푸줏간을 나섰다.

임 부인은 중년인을 배웅한 후 다시 작업장으로 들어와 고기를 썰기 시작했다.

얼마나 지났을까.

조용히 작업장 문을 열고 들어오는 한 명의 노

인이 있었다.

노인답지 않게 정정한 눈빛이 인상적인 이.

임 부인은 후다닥 칼을 놓고 노인에게 인사했다.

노인은 아무 말도 없이 작업장 뒤의 방문으로 들어섰다.

쌀쌀맞은 분위기는 아니었지만, 그렇다고 푸근한 분위기는 찾으려야 찾을 수 없었다.

임 부인 역시 노인의 냉대 아닌 냉대가 익숙한 듯 다시 작업에 몰두했다.

그때였다.

그녀의 귀에 미묘한 소리가 울리기 시작했다.

그냥 무시해도 좋을 소리였다.

세상에 이와 같은 소리가 얼마나 많을 것인가.

그러나 임 부인은 묘하게 가슴을 울리는 이 소리를 무시할 수 없었다.

칼을 놓고 바깥으로 나가자 어둑해진 하늘이 그녀를 반겼다.

한 송이, 두 송이 눈발이 날리는 저녁이었다.

삐이익!

날카롭고도 웅장한 소리와 함께 화살처럼 날아

든 한 마리의 매가 푸줏간 앞 나무 등자에 앉았다.

매를 본 임 부인의 눈동자가 흔들렸다.

'설마?'

그녀는 재빨리 매의 발목에 차인 종이를 확인했다.

그녀의 눈동자가 지진이 난 것처럼 떨려 왔다.

하지만 곧이어 금세 차가워진다.

두 포대의 고기더미를 들고 간 중년인이 봤다면 당장이라도 졸도했을 만큼, 지금 그녀의 눈빛은 냉혹하기 짝이 없었다.

"……철혈성."

과거의 약속, 그것도 자신이 먼저 한 약속이었다.

또한 반드시 시행해야만 하는 일이기도 했다.

퇴색되었던 한과 눈물이 다시금 그녀의 여린 가슴으로 찾아왔다.

그것은 곧 눈덩이처럼 불어나 활화산 같은 분노로 그녀의 정신을 뒤흔들었다.

매는 한차례 길게 울더니 다시 창공의 저 너머로 사라졌다.

그녀는 한숨을 쉬며 종이를 손으로 비볐다.

연약한 종이는 한순간 불꽃에 휩싸여 여린 날개를 펼치며 하늘로 올라섰다.

임 부인은 재빨리 뒤뜰로 가 목욕으로 피냄새를 씻은 후 정갈한 복장으로 노인의 방문 앞에 섰다.

"야심한 시각에 죄송합니다. 들어가도 되겠습니까?"

"들어오라."

천천히 방문을 열고 한 발 내딛은 임 부인은 순간 깜짝 놀랐다.

두 개의 촛불을 켜 놓고 가만히 술을 마시는 노인은 여전히 꼿꼿한 자세를 유지하고 있었다.

그런 노인의 앞에 하나의 봇짐과 영롱한 술이 담긴 술잔 세 개가 놓여 있었다.

"앉아라."

"네? 아, 네."

종종걸음으로 노인의 맞은편에 앉은 그녀는 복잡한 눈으로 술잔과 봇짐을 보았다.

술잔 세 개는 모르겠지만 저 봇짐에는 육 년 전, 수라의 길을 걸었던 당시의 물건과 한이 담겨 있었다.

"마시거라."

임 부인이 아무 말 없이 천천히 술잔을 들어 한 잔 마셨다.

쓰고도 텁텁한 술이 목구멍을 간질이며 위장에 도달했다.

화끈한 맛이었다. 그리고 씁쓸했다.

노인의 엄한 눈이 그녀의 눈에 박혔다.

평범한 사람이라면 도저히 마주할 수 없을 만큼 투명했던 그녀의 눈이지만 노인에게는 별무소용인 듯싶었다.

오히려 노인의 눈을 보며 임 부인의 고개가 밑으로 내려갔다.

"손에 피를 묻히려느냐?"

임 부인은 아무런 말도 할 수 없었다.

그녀는 가만히 이를 악물었다.

어떻게 알았는지 알 수 없었다. 노인은 이미 자신이 떠날 것이라는 걸 깨달은 것이다.

노인은 고개를 끄덕였다.

"두 번째 잔도 마시거라."

임 부인은 둘째 잔도 들이켰다. 여전히 씁쓸한 맛이었다.

노인의 음성이 뒤따랐다.

"세 번째 잔도 마시거라."

싸구려 백주인 만큼 너무 쓰고 독했다.

그러나 임 부인은 이번에도 한 점 망설임 없이 셋째 잔까지 마셨다. 이유는 몰라도 노인의 말을 거역할 수 없었다.

잔이 모두 비자 노인은 자신도 술을 따라 마셨다.

그러고는 깨질 듯 술잔을 상에 내려쳤다.

타앙!

임 부인이 놀란 눈으로 노인을 바라보았다.

노인의 눈은 지난 육 년 동안 단 한 번도 보지 못했던 자상함으로 가득했다.

"네가 마신 첫 잔의 술로 지난날의 원한을 잊었다. 너의 여린 손에 내 아들과 며느리가 죽었지만, 이제는 내 가슴 안에 묻으련다."

"아……."

임 부인의 눈에 뿌연 습막이 차올랐다.

"두 번째 잔으로 그동안 마음고생 심했을 너의 고단함에 사과하리라. 내가 대단한 사람은 되지 못하지만, 네가 얼마나 고생했는지 모를 정도로 우매하진 않다. 그럼에도 육 년간이나 이곳에 두었던 까닭은, 나와 같은 고통을 당할 또 다른 부모들이 눈에 밟혔기 때문이다."

한 줄기 눈물이 그녀의 얼굴을 내리눌렀다.

그녀는 노인에게 눈을 뗄 수 없었다.

노인의 다정한 눈에도 옅은 물기가 어리고 있었다.

"세 번째 잔은…… 다시 보지 못할 너에게 이별주를 주고 싶었다. 그러한 잔이었다. 깐깐한 늙은이 밑에서 일하느라 참으로 고생이 많았다."

잠깐 멈춘 노인은 울컥 올라오는 눈물을 참아 내고 다시 말을 이었다.

이전보다 한결 안정적이고 준엄한 말투였으며 그만큼의 다정함이 가득했다.

"이제 마음의 짐 훌훌 털어 내고 자유롭게 살아가거라. 그동안 내 딸 노릇 해 주어서 고마웠다."

"으흐흑."

임 부인은 엎드려 펑펑 울었다.

과거 수많은 살인을 저질렀으나 단 한 번도 무고한 백성의 목숨을 취하지 않겠다고 다짐했던 그녀였다.

하나 단 한 번의 실수로 인해 한 가정이 다시는 햇빛을 보지 못하였고, 결국 육 년 전, 그녀는 그 아버지가 되는 노인에게 찾아와 무릎을 꿇었다.

노인은 충격에 시름시름 앓았다.

임 부인은 생계에 위험이 올까 싶어 아픈 동안 일을 했다.

손이 부어 터져라 칼을 쥐었고, 돈이 될 수 있는 일이라면 위법이거나 도덕적으로 문제가 되는 일이 아니라면 무엇이든 했다.

그리고 그 모든 돈을 노인에게 주었다.

노인은 일체의 돈을 받지 않았고 몸이 나은 뒤 직접 일했다. 그러나 이상하게도 그녀를 내쫓지 않았다.

결국 그렇게 서먹한 관계가 무려 육 년.

주변에서는 푸줏간 노인네가 뒤늦게 어여쁜 처자를 받아 첩실로 두었다는 더러운 소문도 많았지만, 두 사람은 소문에 신경 쓰지 않고 서로의 일을 하며 지냈다.

육 년 동안 임 부인의 마음고생만큼, 아니, 어쩌면 더 심한 고생을 했을지도 모를 노인이었다.

그래서 고마웠고, 그래서 죄송하여 임 부인은

통곡하였다.

어느 정도 그녀가 진정이 되자 노인이 다시 말했다.

"네 짐 안에 그간 고생했던 품삯을 모아서 넣었다. 네겐 얼마 되지 않을 돈일지도 모르겠다만 성의라 생각하고 받아 두어라."

"푸, 품삯이라니요?! 당치도 않아요! 저는……!"

"이제는 이곳에 절대 찾아오지 말거라."

냉정한 말투였다.

임 부인은 금방이라도 울 듯한 표정이었지만, 결국 참아 내고 노인에게 절을 올렸다.

짐을 든 그녀가 노인을 바라보며 말했다.

"일이 끝나면 무슨 수를 써서라도 찾아오겠습니다. 소녀가 죽을 때까지 뫼시겠습니다."

"시끄럽다. 내가 바라지 않는다. 아니면 또 다시 내 가슴에 비수를 꽂을 셈이냐?"

임 부인이 입술을 깨물었다.

피가 터져 나왔다.

다시 한 번 올라오는 눈물을 닦아 내고, 그녀는 노인에게 인사를 드린 후 몸을 돌렸다.

문을 나서기 전 노인의 퉁명스러운 말투가 날아
왔다.

"사윗감이라도 찾으면 한번 놀러 오너라. 고기
잔치 정도는 열어 주마."

임 부인의 얼굴이 환해졌다. 그러고는 다시 울
었다.

그녀는 강호에 알려진 것과 달리 참으로 눈물이
많은 여인이었다.

"다녀오겠습니다, 아버지."

노인의 깐깐한 얼굴에 미소가 어렸다.

일비천사(一匕千死) 일검망성(一劍亡城)
살왕(殺王) 임가연(林歌蓮) 강호출도(江湖出道).

　　　　　*　　　　*　　　　*

"어디 보자. 어이쿠! 아주 살이 토실토실 올랐
구나!"

이제 마흔이나 되었을 법한 문사풍의 중년인이
어울리지 않게 커다란 솥에서 집게로 닭을 꺼내
들었다.

실하게 삶아져 새하얀 광택을 발하는 닭고기에 중년인의 얼굴도 미소로 환해졌다.

어지간한 닭보다 반 배는 더 큰 닭 두 마리가 솥에서 펄펄 삶아지고 있었다.

조금만 더 삶아지면 간만에 배가 터지도록 먹을 수 있겠다는 생각에 중년인은 침을 꼴깍 삼켰다. 얼마만의 고기인지 짐작도 되지 않았다.

연신 침을 삼키며 솥에서 떠날 생각을 하지 않는 중년인의 뒤로 한 여인이 다가왔다.

중년인과 비슷한 연배의 여인으로 고운 자태가 탄성이 나오는 미부였다.

"여보, 여기서 뭐하세요?"

깜짝 놀란 듯 엉덩방아를 찧은 중년인이 미부를 보며 어색하게 웃었다.

겉으로 보면 참으로 유순한 선비의 얼굴인데, 지금은 마치 악동의 그것과 닮았다.

"아, 고기가 다 익었나, 해서 와 봤소. 생각보다 오래 걸리는구려."

"조금 전에도 와서 보고 가시던데요?"

중년인이 손사래를 쳤다.

"허허, 글을 배우는 선비가 되어 설마 그리 진

중치 못하겠소? 그저 부인께서 하시는 일, 잘못이
나 되지 않을까 저어되어 와 본 것이니 못마땅하
게 보지 마시오."

"아까 전부터 저 멀리서 지켜보고 있었는걸
요?"

잠시 정적이 일었다.

결국 중년인은 삐친 여자아이처럼 뾰로통한 얼
굴로 툴툴댔다.

그것이 그의 본성인 것 같았다.

"오죽 배가 고프면 그러겠소? 무려 석 달 만에
닭고기 아니오? 벌써부터 뱃속에 식충이들이 아
우성치고 있다오."

미부는 어쩔 수 없다는 표정으로 웃었다.

"조금만 참으세요. 기다린다고 빨리 되는 것도
아니잖아요? 그러다 고뿔 걸리면 큰일이에요."

"그래도 침이 고이는 걸 어쩌란 말이오?"

"닦아 드려요?"

"됐소."

결국 마당의 평상에 두 부부는 가지런히 앉았
다.

겨울이라 그런지 저녁은 빠르게 찾아왔다.

해는 서산으로 지려 하고 저 멀리서 다가오는 포근한 어둠이 하늘을 지배하려 애쓰고 있었다.

그나마 눈이라도 안 오는 게 다행이었다.

쌀랑한 바람이 부부의 머리카락을 스치고 달아났다.

중년 문사는 조금 면목 없는 얼굴로 그녀의 손을 잡았다.

"부인."

"네."

"미안하오. 귀하게 자란 사람이 못난 글쟁이 곁으로 와서 고생만 하는구려."

미부는 보는 사람이 다 웃음이 날 정도로 포근한 미소를 지었다.

"그리 말씀하지 마세요. 저는 지금 태어난 이후로 제일 행복하답니다."

"가끔 후회하지 않으시오? 보다 더 행복하게 살 수도 있었을 터인데 굳이 예까지 와서……."

"몸은 고되어도 당신과 함께 할 수 있는 것이 제게는 가장 큰 행복입니다. 혹시라도 부담 가지지 마세요."

"부인……."

"저는 오히려 제가 죄송한데요."

"그 무슨 말씀이시오?"

"당신이 평범한 사람이 아니라는 건 제가 잘 알아요. 더 넓은 세상에서 많은 걸 보고 오신 분이잖아요? 그런 당신을 혹시 제가 구속하고 있는 것이 아닌가……."

중년인은 양손으로 미부의 어깨를 잡고 눈을 맞추었다.

"부인. 절대로 그리 생각하지 마시오. 내 당신을 만나지 않았다면 어찌 사람답게 살았겠소? 당신은 내 인생에서 가장 큰 선물이자 축복이오. 천하를 준다 해도 곁에 당신이 없다면 아무 의미가 없소."

미부의 눈가가 촉촉해졌다.

"상공."

"꼴깍. 부인…… 그러니 우리 오늘은……."

"술은 안 돼요."

중년인의 얼굴이 살짝 멈칫했다.

"부인!"

"안 돼요."

그때부터 부부의 눈싸움이 시작되었다.

가히 나라 대 나라의 전쟁에 필적할 만한 살벌함이었다.

하지만 어차피 결과는 명약관화(明若觀火)했다.

중년인이 평상 뒤로 벌렁 누워 버렸다.

"아, 부인! 좀 마십시다! 보름 동안 안 마셨잖소!"

"글공부 하시는 분께서 술과 여자를 조심하라는 선현들의 말씀은 안 들어 보셨나 보죠?"

"내 여자는 진정 당신밖에 없소! 당신도 그렇듯 나도 세상 그 많은 여자 다 포기하고 당신만을 바라보고 있소! 주색잡기에서 색과 잡기에 눈을 두지 않으니 한잔 정도는……."

"자랑이십니다. 왜요? 술을 포기하면 색과 잡기에 눈 돌리시려고요?"

"그런 뜻이 아니잖소!"

"한 잔이 한 병 되고, 한 병이 열 병 되는 건 시간문제겠지요. 보름 전에 그렇게나 숙취로 고생하시곤 아직 정신 못 차리셨나요?!"

중년인은 살짝 멈칫했으나 그렇다고 물러설 기미가 보이는 건 아니었다.

그는 되레 탄력을 받아 미부를 살살 꾀기에 이

르렀다.

"부인, 우리 사랑하는 부인. 내 부인 앞에서만 마시리다. 한 병, 딱! 한 병이면 되오. 아니, 솔직히 고기 앞에서 술을 못 마시는 건 지나친 고문이 아니오? 국문도 이러진 않겠소. 그치, 야옹아?"

담벼락에서 턱을 긁고 있던 시커먼 고양이가 찬동한다는 듯 야옹거렸다.

중년인이 중지와 엄지를 튕겼다.

"저것 보시오! 한낱 미물도 내 의견에 찬동하지 않소?"

"제게는 헛소리 그만하고 고기나 살펴보라는 뜻으로 들리는데요?"

중년인은 쳇, 하며 솥으로 다가갔다.

뚜껑을 여니 과연 고기가 적당하게 삶아진 듯싶었다.

중년인은 식욕이 동하는 눈길로 미부를 바라보았고, 미부는 그 눈빛이 무엇을 뜻하는지 능히 알겠다는 듯 평상 위에 커다란 그릇을 가져왔다.

아름다운 석양빛이 하루의 마지막을 알리는 그때에, 그 빛을 받으며 둘은 평상에서 닭고기를 찢었다.

담벼락에서 몸을 핥던 고양이도 냉큼 달려와 살을 조금 발라 먹는다.

술은 마시지 못했지만 중년인은 행복해 보였다. 미부 역시 곱게 웃으며 남편이 직접 발라 주는 고기를 먹었다.

그렇게 행복한 시간이 흐르는 와중이었다.

삐이이익!

한줄기 소성이 대지를 갈랐다.

시커먼 고양이가 귀를 쫑긋했고, 중년인의 귀도 꿈틀거렸다.

저 하늘 끝, 무시무시한 속도로 내려와 중년인의 어깨에 안정적으로 착지한 매는 참으로 위엄 있어 보인다.

중년인의 눈동자가 흔들렸다.

놀랍게도 그의 부인은 놀라는 기색이 없었다.

그녀가 웃는 낯으로 고개를 끄덕이자 중년인은 한숨을 쉬며 매의 다리에 묶인 종이를 꺼내 들었다.

그러고는 그의 안색이 굳어졌다.

'왕들은 항주로 모이라……'

그 외에 보이는 글자들.

'철혈성. 드디어 움직이는가…….'

중년인은 손으로 종이를 꾹 쥐었다.

곧이어 그의 손에 파란 불길이 일어나며 종이를 순식간에 태워 버렸다. 그 모습에는 미부도 많이 놀란 모양새였다.

"수고했다."

중년인이 닭고기를 조금 찢어서 매에게 주자, 매는 날름 받아먹고 다시 창공으로 사라졌다.

그는 아내와 눈을 마주쳤다.

장난기는 어디로 갔는지 묘하게 위엄이 있는 눈빛과, 깊은 현기로 영롱한 눈빛이 새롭다.

미부는 떨리는 가슴을 가만히 손으로 누르며 일어섰다. 이후 미부가 모옥에서 한 벌의 옷과 자그마한 술병 하나를 들고 왔다.

"날이 춥습니다. 털옷이라도 걸치고 가세요."

"언제부터 알고 계셨소?"

"살을 맞대고 산 지가 벌써 이 년입니다. 지아비의 속내도 모른다면 어찌 아내라 하겠습니까?"

중년인은 하늘을 보며 하하 웃었다.

"당신의 통찰력이 이 못난 글쟁이보다 좋구려."

"아내를 우습게 보시면 안 되죠."

맑은 웃음으로 그녀에게 신뢰의 눈길을 보낸 그가 털옷을 입었다.

아내가 직접 만든 옷인지 몰라도 따뜻하기 이를 데가 없다.

미부는 자그마한 술잔에 술을 따랐다.

"몸을 데우는 데에 좋을 거예요."

중년인이 단박에 술잔을 비우고 탁자에 놓았다.

한 잔만 마셔도 술에 미쳐 짐승처럼 희번덕거리던 그의 과거와는 다르게 남편의 눈동자는 여전히 흔들림이 없었다.

이것이 진짜 그의 모습.

그러나 자신에 대한 사랑이 결코 변하지 않음을 미부는 알고 있었다.

"주역(周易)편이 꽂힌 책장 뒤를 보면 은자가 제법 있을 것이오. 내 돌아올 때까지 충분할 터이니 그것으로 맛난 것도 사 드시고, 예쁜 옷도 사서 입으시오."

미부는 부디 그 은자의 양이 적기를 바랐다.

중년인이 이번에는 고양이의 머리를 쓰다듬었다.

"아내를 부탁하마."

야옹.

늘어진 모습의 고양이는 어디로 갔는지, 달빛처럼 맑은 광채를 빛내는 고양이의 눈빛에서는 가히 무림의 고수도 마주 보지 못할 야생성이 팽배했다.

천하의 영물, 호랑이도 찰나간에 찢어 죽인다는 흑상묘(黑霜猫)가 본연의 모습을 드러낸 것이다.

"몸조심하세요."

"금방 돌아오겠소."

중년인의 몸이 연기처럼 그 자리에서 사라졌다.

정난신장(靖難神將) 일갈단해(一喝斷海)
패왕(覇王) 단기중(檀機衆) 강호출도(江湖出道).

*　　　*　　　*

"철혈성(鐵血城) 소속이요?"

한 자루의 검과 같이 서늘한 예기로 스스로의 힘을 무의식적으로 풍길 만한 대단한 무력을 가진 남궁소소도, 당무환의 말을 듣고는 놀랄 수밖에 없었다.

그녀는 자칫 놓칠 뻔한 술잔을 겨우 잡고 당무환에게 시선을 돌렸다.

호쾌하게 술잔을 넘긴 그는 시원한 소리와 함께 입을 열었다.

"크으, 그래."

"하지만 철혈성에 저런 사람이 있다는 얘기는……."

"당연히 없겠지. 대외적으로 알려지지 않은 무인이니까. 애초에 철혈성에 대해 제대로 아는 사람이 얼마나 되겠느냐. 더군다나 네가 보았던 그는, 평범한 무인들이 알 수 없는 이름의 사내다."

비밀스러운 사내.

직접적인 무력을 볼 수 없었지만 어쩐지 강인하다고 느껴졌던 오만한 남자.

남궁소소는 그를 생각하며 슬쩍 고개를 갸우뚱거렸다.

당무환이 문득 탄식했다.

"철혈성의 역사는 대명제국(大明帝國)의 역사와 같이 한다. 거의 오십여 년에 가깝지. 그러나 그것은 강호에 수많은 명문의 무파들과 비교를 했을 때, 차마 비교하기조차 민망할 정도로 짧은 역사라 할 수 있음은 너도 부인하기 어려울 것이다."

"그렇죠."

"철혈성이 현재 천하제일세(天下第一勢)라고 불리는 까닭은, 물론 그들의 힘이 단일방파로써의 영역을 충분히 넘을 정도이기도 하나, 황궁의 도움이 없었다면 이뤄 내기 어려운 명성이자 성취였다. 일설에는 이런 이야기가 있지. 북원(北元)의 무리들을 대륙에서 몰아내기 전의 일이다. 원나라의 무리들과 싸워 승승장구 했던, 제국을 세운 초대 황제 태조(太祖) 홍무제(洪武帝)이신 주씨 장군의 자질을 알아본 의문의 무인이 그를 지지했다고. 실제 걸림돌이 될 것이라 판단하여 곽자흥을 미리 제거한 것도 그 의문의 무인이라는 소문이 있다. 확실한 정보는 아니나 거의 확신에 가깝도록 받아지는 비밀이지. 주원장께서 대명제국을 선포할 적, 무명무인(無名武人)은 원(元) 황실이 빼돌렸던 모든 영약을 재차 탈취하고 태조의 비호 아래 철혈성을 세웠다고 한다."

자기 전 신비로운 이야기를 해 주는 부모의 분

위기가 이러할까 싶다.

그러나 그의 목소리는 강인했고 동시에 씁쓸하다.

역사의 뒷면을 알아 버린 기분에 남궁소소는 가슴이 두근거렸다. 세가 내, 수많은 서적으로 고대의 역사는 물론이거니와 현 세대의 정치학까지 두루 정통한 그녀였지만, 이런 이야기는 들어 본 바가 없었다.

"또 다른 일각에서는 백련(白蓮)의 소멸된 무리들이 창건한 무인들의 성이라는 소리도 있다. 그러나 그건 가능성이 낮지. 백련과 미륵교(彌勒敎)로 이뤄진 홍건의 무리들은 민란(民亂)의 형태로 각지에서 일어났으나, 무수한 단체들이 그러하듯 구심점이 없었다면 원을 북으로 몰아내긴 불가능에 가까웠을 터. 백련교 두령인 한산동(韓山童)이 죽자마자 유복통(劉福通)이 전(前) 교주의 아들인 한림아(韓林兒)를 끌고 그를 제위에 올려 소명황(小明皇)이라 칭하매, 송국(宋國)을 다시 세웠으나, 결국 한림아 역시 장강에 빠져 죽고 말았다. 이미 미륵불하생(彌勒佛下生)의 설을 바탕에 깔아 포교활동을 중심으로 민란을 일으킨 게 한산동이었어. 심지어 송(宋) 휘종(徽宗)의 팔대 손이라고까지 자신을 알렸던 그다. 그런 살아 있는 전설은 물론 그의 아들까지 잃은 마당에 백련의 교도들이 다시 힘을 얻기란 그리 쉬운 일이 아니었지. 더군다나 홍무제께서도 역시 지나치게 거대해진 백련의 힘을 마냥 달갑게 생각하진 않으셨을 것이다. 공은 공이되 위정자의 입장에서는 만들어서라도 비난할 바를 첨예하게 세웠을 터, 천자(天子)라 자칭하는 황제도 우리네처럼 다 같은 사람인 게지."

마지막 언사는 누군가의 귀에 들어갈 시, 역적 무리라는 누명을 뒤집어쓸 정도로 과한 내용이었다.

남궁소소의 얼굴이 살짝 경직되었지만, 그녀는 그저 호쾌하게 술잔을 기울이는 숙부를 보며 나직이 한숨을 쉬었다.

"위험한 발언이세요. 황제라는 두 글자는 함부로 언급하지 않는 것이라 배웠습니다. 자칫 목숨을 잃을 수 있어요."

"허…… 역사의 진실은 언제나 추악하고 비틀린 것이야. 진실을 두 눈으로 보지 못하는 우둔한 사람이라면 또 모르되, 멀쩡히 진실을 목도한 이가 자신의 진심과 의견조차 제대로 피력하지 못한 삶을 산다는 게, 귀신이 무서워 소피조차 보러 가지 못하는 치기 어린 어린아이의 행태와 다를 것이 무어냐? 스스로 정(正)이라 자부할 수 있는 사람이라면 옳고 그름을 명확하게 잴 줄 아는 잣대가 필요하며, 설령 목에 칼이 떨어져도 한 점 부끄럼 없이 말할 수 있는 진짜 언변을 갖추어야 함이 마땅하다."

준엄한 일책이었다.

그런 의도로 말한 것은 아니었으나 남궁소소는 왠지 부끄러워지는 자신을 느꼈다.

파격이라면 파격이다. 언제나 당무환은 사람을 당혹케 만드는 재주가 있었다.

아무 말 못하는 그녀를 보며 당무환은 묵묵히 술잔에 술을 따랐다.

붉지만 묘하게 투명한 액체가 술잔을 가득 채운다.

"어찌 되었든, 철혈성이 이토록 성장했다는 것은 모종의 단체가 후원을 해 주었다는 가능성을 보여 준다. 하나의 단체가 오십여 년 만에 이토록 거대하게 커지기 위해서는 후원 단체의 역량 또한 무시무시해야 할 터, 천하에서 그와 같은 후원을 할 수 있는 곳은 거의 없는 실정이지. 황궁이 철혈성의 뒤에 있다는 건 이미 공공연한 비밀에 불과하다. 실제로 북원의 무리들을 정벌키 위해 황제는 철혈성의 많은 무인들을 요구했고, 철혈성 역시 그에 조금의 반대를 하지 않았다. 황제의 명이 떨어졌으니 당연한 소리라고도 생각할 수 있겠지만 황궁과 철혈성의 유동적인 관계는 도무지 무정(無情), 딱딱한 관계라고 생각할 수 없는 미묘함이 있다."

남궁소소의 눈이 이채를 띄었다.

"그렇다면 일전에 숙부님을 찾아왔던 그 사람은 혹시……?"

"눈치가 빠르구나. 네 추측이 맞다. 그는 십여 년 전, 스물의 나이가 채 되기도 전에 그리 어린 나이로 철혈성 백 명의 무인들을 이끌어 초원의 전장으로 나갔던 잊힌 무인들 중 한 명이다. 지닌 바 역량이 뛰어나 철혈성주(鐵血城主)에게 총애를 받던 제자이기도 하지."

남궁소소의 눈이 휘둥그레졌다.

"철혈성주의 제자라고요?"

"그렇다. 세간에는 철혈성주가 여섯의 직계 제자를 두었다고 하지만 실제는 일곱이었다. 그리고 그의 정체가 바로 세 번째 제자, 저 북쪽 원의 무리들에게서는 사영귀(沙影鬼)라고까지 불리었던 전장(戰場)의 사신(死神) 진조월이다. 함께 싸웠던 명의 군사들과 북원의 무리들이 통칭으로 부르던 별호로는 야차왕(夜叉王)이라는 것이 있지. 본인도, 그를 따르던 수하들도 지옥에서 갓 올라온 야차와 같아서 그와 같은 별호가 붙었다고 하더군."

문득 남궁소소는 전율이 드는 걸 느꼈다.

그녀는 몰랐던 세상의 그림자 속 이야기들.

누군가에게 듣지 않았다면 절대로 몰랐을 비사(秘事)들과 경험치 못했다면 언제나 깨우칠지 알 수 없는 '진실'에 대한 투박한 이야기를 그녀는 듣고 있는 중이었다.

그저 숙질간의 오붓한 술자리라고 보기에는 지나치게 강렬한 감이 있었다.

질주하는 모습이 흡사 사막의 모래를 뒤집어쓰고 찾아온 귀신과 같다 하여 사영귀. 만났다 하면 죽임을 당할 수밖에 없어 사신.

마지막으로, 야차들을 이끄는 두령이라 하여 야차왕.

하나하나 도무지 광명정대하다고 볼 수 없는 별호들.

상상만으로도 코밑을 맴돌던 고아한 여아홍의 향기를 날려 버릴 정도로, 피비린내가 물씬 풍긴다.

"많은 살상을 저지른 사람이군요."

"그렇다. 상부의 명령이었다고는 하나 지나치게 많은 생명을 손으로 끊어 버린 귀신이지."

"어쩐지 풍기는 살기가 지독하다 했어요."

"지독함을 넘어서서 추악함의 영역에 다다른 살기다. 그러한 살기를 몸에 새기기 위해서 얼마나 많은 생령을 그 손으로 끊었겠느냐? 그러나 그를 마냥 비난할 수 있을까? 무림에 나서는 순간, 살기 위해서 상대의 목숨을 취해야 할 때는 반드시 다가오는 법, 나도 그랬고, 너의 아버지도 그랬고, 너 역시 그러할 것이다. 진조월 그 남자 또한 임무를 달성키 위해서, 자신의 목숨을 보전하기 위해서 무수한 살겁을 저질렀을 게다. 전장으로 발을 디딘 순간부터 그의 운명은 핏물 속에 허덕였을 테지."

남궁소소는 슬쩍 입술을 깨물었다.

이미 마음의 준비는 완벽하게 했으며 세상에 해악을 끼치는 악한 무리들에게 검을 겨누리라 꿈꿔왔던 그녀였지만, 막상 당무환의 둔중한 목소리로 듣게 되자 새삼 전신이 떨려 왔다.

술 한 잔으로 떨림을 멈추게 한 그녀는 약해진 마음과 미련을 한숨으로 날렸다.

"어쨌든 그는 참 무례하더군요. 도무지 어른을 공경하는 모습이 보이지 않던데요. 화가 났었어요."

당무환은 껄껄 웃었다.

"그 남자, 꽤 무례하긴 해."

"아무리 임무였다지만 심성도 그리 좋지는 않을 것 같아요. 본의 아니더라도 많은 생명을 거두어들인 자는 결국 마(魔)에 물든다고 들었습니다."

당무환이 술잔을 기울였다.

"그는 다정하지……."

"네?"

"도덕과 윤리를 저버린 사내지만 바보처럼 다정

한 사람이다. 지금은 두터운 얼음벽으로 방비를 하는 모양인데, 그렇다고 본래의 심성마저 수그러 드는 건 아닌 바, 세상에 그런 바보도 찾아보기 힘들 것이다."

아리따운 붉은 액체가 그의 술잔을 가득 채웠다.

"그 다정함이 그를 귀신으로 만들어 버렸다."

2.
오왕기담(烏王奇談)(2)

진조월(眞照月)은 산을 내려오며 조금 전에 만났던 묘령의 여인을 떠올렸다.

평범한 여인보다 큰 후리후리한 키에 긴 팔다리, 다소 차가운 눈빛과 미동치 않는 동공, 허리춤에 찬 고색창연한 장검이 참으로 잘 어울려서, 실력만 좋다면 강호를 진동시키는 여협(女俠)이라 불리어도 조금의 부족함이 없을 것이다.

실제 실력도 대단할 것이다.

진조월이 그 여인에게 흥미가 간 것은 눈꽃처럼 고아한 외모 때문이 아니었다.

그는 비록 삼십여 년밖에 살지 않았지만, 남녀

를 통틀어 그처럼 대단한 무골(武骨)을 본 적이
몇 없었다.

얼마나 노력하는지 모르겠지만, 뼈를 깎는 단련
과 수행을 거듭하면 머지않아 여중 제일의 고수가
될 가능성도 충분할 것이라 진조월은 생각했다.

'남궁씨인가.'

은은하게 풍기는 뇌전(雷電)의 향기.

왜소한 여인의 몸 안에 들어찬 기(氣)라고는 도
저히 믿기지 않을 만큼의 거대한 힘이 가득하다.
뿐이랴? 무의식중에 드러난 자세와 굳이 집중을
하지 않아도 일어나는 첨예한 검기(劍氣)가 실로
인상적이다.

진조월은 이내 남궁소소를 머리에서 지웠다.

대단한 무골과 무골에 어울리는 실력을 가진 여
인이었지만, 굳이 신경 쓸 필요도 없고 여력도 없
다. 그는 앞날의 행보를 어떻게 계획해야 할지 생
각하는 것만으로도 벅찼다.

그는 저 멀리 남쪽을 바라보았다.

서호를 넘어 항주가 있는 방향이었다.

마음만 먹는다면 하루 만에 도달할 거리였으나,
그는 굳이 날랜 걸음으로 서두르지 않았다.

오상검문은 그저 지나치는 곳에 불과할 뿐. 그가 신경을 쓸 최종지점은 오상검문 따위의 문파 백 개가 모여도 비교가 안 될 곳이었다.

그렇지 않아도 차갑기 짝이 없는 그의 안색에 다시 한 번 서리가 내렸다.

누군가가 지금 그의 눈을 본다면, 자신이 오줌을 지리는지의 여부도 판단치 못할 것이 분명했다. 사람의 모습을 하고 있지만, 그의 눈은 사람의 눈이 아니었다.

바닥에는 부드러운 눈이 쌓여 앞길을 방해하고 하늘에는 바라보기 힘든 태양이 스스로를 과시하지만, 정작 스산한 구름으로 아랫도리를 가린 가녀린 초승달만이 진조월의 눈에 새겨진다.

월광(月光)의 사신(死神).

그는 자신의 어깨에서 괴악하게 울어 대는 까마귀의 머리를 어루만지며 조용히 생각에 잠겼다.

물론 그의 발걸음은 멈추지 않았다.

여전히 두둑이 쌓인 눈길을 밟아가며 지워지지 않을 족적을 막간산에 아로새기고 있었다.

더 이상 간장과 막야의 전설로 일어난 산의 땅을 더 이상 밟게 되지 않았을 때 반대로 그의 살기는 높아져만 갔다.

까마귀가 울었다.

더없이 고약한 목청으로 불쾌감을 알리고 있다.

진조월은 자신을 다독였다.

스산하게 나아가 까닭 없이 기온의 급강하를 도운 그만의 독특한 살기는 의지가 이는 순간 씻은 듯이 사라졌다.

그는 어울리지 않는 한숨을 쉬며 하늘을 바라보았다.

적당한 구름을 동반한 태양이 여전히 그의 머리 위로 존재감을 한껏 자랑한다.

진조월은 태양이 마음에 들지 않았다.

세상을 비추지만 마주 볼 수 없는 강렬함으로 신화를 생성하는 불쾌한 상상물.

달빛이 담백한 광채로 세상을 비추는 시간이 도달할 때, 까마귀가 날아 저승길 명부에 새긴 그들의 불운함을 비웃어 줄 때, 검은 바람이 불어 사신의 옷깃이 차가운 바닥 위로 펄럭일 때.

그들의 죽음은 피할 수 없는 그림자가 되어 땅 밑으로 추락할 것이다.

허리춤에서 묵직하게 자신을 지켜 주는 철검의

다독임을 느끼며, 진조월의 손이 올라갔다.

어느새 그의 거친 손은 검파를 꾹 쥐고 있었다.

십이월 중순, 한 해의 종결이 얼마 남지 않은
시점이었다.

                    *   *   *

막간산에서 내려와 덕청현(德淸縣)으로 걸음을
옮긴 진조월은 곧바로 현 한 가운데의 홍루(紅樓)
로 향했다.

여인들이 재주를 파는 청루(靑樓)와 다르게, 홍
루는 술과 몸을 팔며 돈을 버는 이른바 창부들의
가게인 만큼, 당연하게도, 어느 정도 위치가 있어
근엄한 척 하는 고관대작(高官大爵)은 물론이거
니와 흔히들 정상적으로 분류가 되는 남성들이라
도 아직 해가 넘어가지 않은 시각에 홍루로 들어
가진 않는다.

작은 무리의 홍등가가 줄을 지어 서 있는 곳에
서 진조월은 가장 큰 건물로 시선을 옮겼다.

높이가 삼층에 너비도 상당하고 외관 역시 홍루
라 생각되지 않을 정도로 고풍스러우니 주머니 사

정이 여의치 않은 이라면 발을 들이기도 어려울 것이 자명했다.

진조월은 화호루(花湖樓)라는 멋들어진 간판으로 자신을 알린 건물에 들어섰다.

거리를 걷는 몇몇 범부들이 거침없이 움직이는 진조월을 보며 눈살을 찌푸렸지만, 그의 허리춤에서 달랑거리는 한 자루 검을 보고는 재빨리 고개를 돌린다. 평범한 사람들에게 무법의 칼날을 휘두르는 무림인의 존재란 언제나 경계 대상 최우선 순위였다.

슬슬 해가 지는 시간.

주머니가 두둑하고 술에 취해 인사불성인, 영업자 입장에선 그야말로 황금과도 같은 남정네들을 유혹하기 위해 만반의 준비를 마친 여인들이 하나둘 바깥으로 나섰다.

뼛속까지 시리는 매서운 한풍이 그녀들을 훈계했으나, 발칙한 음성과 스러지지 않은 교태로 그녀들은 오늘도, 화려함으로 치장된 힘겨운 삶을 버티기 위해 춤을 추었다.

스스로를 천자(天子)라 칭하는 황제가 사는 궁에도, 기근으로 죽어 가기 딱 좋은 터에 자리를 잡은 쇠약한 걸인의 길가에도 그렇듯, 이 서글픔과 환락이 공존하는 양면의 땅 역시 숨겨진 추악함과 온갖 비밀들이 가득하다.

얼음처럼 차갑기 짝이 없는 분위기로 들어온 진조월을 향해 한 명의 소녀가 말을 걸어왔다.

"어머? 저희 가게는 반 시진 후에나 영업을 시작하옵니다, 협사님. 언니들 준비가 되지 않아 협사님을 모시기 부끄럽습니다."

이제 열셋 혹은 열넷이나 되었을까 싶은 소녀였다.

어린 나이에 어울리지 않게 화려한 화장과 은근히 속이 비치는 옷을 입었다. 도착적인 망나니의 눈으로는 이보다 더 매혹적인 여인네가 또 어디에 있을까.

진조월의 차갑고 묵직한 안색을 봄에도 소녀의 눈에는 웃음이 떠나질 않았다. 대단한 심력이었다.

"화호루주에게 전해라. 비수를 쥐어 준 사람이 왔다고."

얼굴을 보면서도 말짱했던 소녀였지만, 진조월의 음성을 들은 그녀의 안색은 살짝 창백해졌다.

그의 음성은 도무지 사람이 들을 만한 분위기를 풍겨 내지 못하고 있었다.

차갑고도 차갑다. 지나치게 차가워서 감정이라고는 쌀알 한 톨 크기조차 보이지 않을 정도였다.

열넷 소녀가 감당하기에는 너무 스산한 무게.

그러나 놀랍게도 소녀는 이마에 송골송골 맺힌 땀조차 무시한 채 고혹스러운 미소로 진조월의 한기를 풀어냈다.

"정말 죄송합니다, 협사님. 지금 루주님께서는 업무로 인해 타 지역으로 출타 중이십니다. 혹여 남기실 말씀이 있으시면 제게 말씀하시면 됩니다. 오실 적에 바로 전해 드리겠습니다."

"삼층 우측에서 가장 끝 객실."

여전히 한기가 풀풀 날리는 분위기에 단조로운 말투였다.

그러나 그 단조로운 말투를 들은 소녀의 얼굴색이 약간 변함을 진조월은 알아챘다. 어린 나이에 수양이 놀랍지만 역시나 아직은 어린 것일까.

"이층 매화방(梅花房)에서 기다리겠다. 내려오라 전해라."

진조월은 차갑게 말을 뱉은 후 멋대로 계단을

올랐다.

소녀의 눈빛 역시 어느 정도 차가워졌으나 소녀는 여전히 난감하다는 표정으로 진조월의 뒤를 쫓았다.

"협사님, 무슨 말씀이신지는 모르겠지만 지금 루주님께서는 이곳에……."

화아악!

뜨거운 바람인지, 차가운 바람인지 분간이 되질 않는다.

소녀는 본능적으로 뒤로 물러섰다.

계단 중간까지 올라섰음에도 어느새 가장 밑까지 내려선 소녀의 움직임은, 도저히 그 나이 대에서 보일 수 있을 만한 움직임이 아니었다.

경쾌한 발놀림, 부드러운 운신법(運身法)은 소녀가 평범한 아이가 아닌 무도(武道)에 몸을 실은 사람이라는 걸 보여 주고 있다.

소녀의 안색이 하얗게 질려 갔다.

그녀는 자신이 왜 물러섰는지, 왜 이리 섬뜩한 것인지 알 수가 없었다.

다만…… 그 연유가 이 투박한 철검을 찬 사내 때문이라는 것을 확신했다.

'이것이 살기라는 것일까?'

무도에 입문한 이후 난생 처음으로 진짜배기 살기를 맛본 소녀는 정신을 차리기 어려웠다. 혼란과 공포로 가득한 그녀의 귀로 진조월의 음성이 잔혹한 꿈결처럼 퍼져 갔다.

"일각의 여유를 주겠다."

소녀는 입술을 앙 다물고 재빨리 계단을 올라섰다.

매화방은 화호루에서도 가장 널찍하고 화사한 곳으로, 술과 여인을 제한 입장료만 은자 백 냥인 호화스러운 방이었다.

제법 돈 좀 있다 하는 이들도 매화방에 들어서기 꺼릴 정도임은 당연지사.

그럼에도 매일 매화방에 예약이 들어차는 이유는 화호루의 기녀들의 미모가 출중하고 기품이 남다르다는 뜻이리라.

서슴없이 상석에 앉은 진조월은 검을 다리 위에 가지런히 놓은 채 팔짱을 끼고 눈을 감았다.

어차피 소녀는 루주에게 자신의 존재를 알릴 것이고, 일각이 아니라 당장이라도 달려올 것이 분명했다.

피곤한 여자를 만나기 전에 그는 조금이라도 피로를 풀기 위한 행동에 착수했다.

그러나 그는 그 조금의 시간도 활용하지 못했다. 그가 들어선 이후 차 한 모금 마실 시간이 지나자마자 문이 열렸던 탓이다.

딱딱한 고형체를 연상케 하던 진조월의 얼굴에서 바람 빠지는 소리가 났다. 한숨이라는 이름의 체념이었다.

조용히 뜬 그의 눈동자에 비치는 사람은 새하얀 궁장과 단아한 화장으로 청초함을 풍기는 여인이었다.

양손은 곱게 모아졌고, 웃는 것이 습관인 듯 초승달처럼 둥글게 휘어진 두 눈이 진조월을 반겼다.

그는 여인의 반김이 마뜩찮았다.

그러나 찾아온 건 자신.

진조월은 아무런 말도 하지 않았다.

"몇 년 만인지 모르겠어요, 은공(恩公). 소녀 화영(花零)이 은공께 인사드립니다."

문가에서 그대로 무릎을 꿇은 채 고개를 조아리는 그녀의 모습은 기품이 넘쳤다.

일개 홍루의 루주가 아닌 어릴 적부터 많은 예법과 교양을 배운 어느 고관의 자제라 불리어도 부족함이 없는 몸놀림이었다. 그녀의 행동 하나하나가 실로 대단한 고귀함을 풍기고 있었다.

진조월의 안색 역시 변함이 없었다.

"삼 년만인가."

고개를 든 화영은 고혹적인 웃음으로 매화방을 더욱 아름답게 꾸몄다.

"은공께서는 여전하시네요?"

"너도 마찬가지야."

"몇 년 지났다고 제 얼굴에도 주름살이 하나둘 생겼답니다. 보다 더 가꾼 모습으로 맞이하지 못한 점, 송구스럽기 짝이 없사옵니다."

"여아(女兒)가 제법 천연덕스럽더군."

화영은 살포시 웃으며 다시 고개를 조아렸다.

그녀의 웃음은 들판에 만발한 꽃보다 겨울철 수줍게 고개를 내민 매화를 닮았다.

"아직 어린아이입니다. 배울 점이 많지요. 혹, 은공의 심사를 불편케 했다면 아이를 대신해서 사죄드립니다."

"쓸 만한 후계를 골랐어."

"어머? 알고 계셨나요?"

"벌써부터 꽃향기가 진하더군."

화영의 미소가 더욱 진해졌다.

화사함과 단아함, 순결함과 요염함, 하나의 매력으로 정의할 수 없는 웃음이 그녀에게는 있었다.

도저히 몸을 파는 홍루의 주인으로 보이지 않는다.

"영광이네요. 은공께서 칭찬하시는 인재는 흔치 않은데, 잘 크겠죠? 얘가 지금은 아직 물이 안 올라서 그렇지, 제 예상으로 삼 년만 더 지나면……."

진조월은 손을 흔들었다.

"자질구레한 얘기는 이쯤하지. 너나 나나 시간이 없기는 마찬가지잖나."

불만스러운 듯 화영이 입술을 삐죽 내밀었다.

장난기 흐르는 표정이었다.

"냉담하신 건 여전하세요. 저야 시간이 넘치는데 은공께서는 무슨 바쁜 일이라도 있으신가요?"

"바쁘니까 찾아온 거다."

진조월의 차가운 눈동자는 몇 번의 경험으로도

익숙해지지 않는 고약함이 있었다.

평범한 사람이라면 마주 보는 것만으로도 오줌을 지릴 정도의 냉기가 풀풀 날리니 그것은 단순히 눈에 이상이 있는 건 아닐 것이다.

깊숙한 곳에서 풍기는 한기.

화영은 이 아름다우리만치 험악한 눈동자를 보며 마치 청옥(靑玉)을 보는 느낌에 몸을 떨었다.

죽음과 삶의 교두보에서 제련된 얼음의 눈동자.

무섭고 애달픈 시커먼 두 개의 구멍에서, 그러나 공포와 함께 화영은 안쓰러움을 느꼈다.

수많은 전설의 목숨들을 어깨에 지고 나아가는 확신하지 못할 꿈. 그에게는 피비린내 나는 꿈이 항상 쫓아다닌다.

화영은 웃었다.

그녀는 진조월 앞에서 우는 법을 배우지 못했다.

"오상검문인가요?"

"맞아."

"물론 오상검문이 항주에서 제법 위세를 떨치는 곳이라 하나 은공의 눈에 들어올 정도로 대단하진 않아요."

"오상검문 따위의 정보를 들으러 온 게 아니야."

"그럼 어떤……?"

저 멀리서 까마귀 우는 소리가 들렸다.

유난히 날카로운 소리다.

"제영정(除永靜)이 움직였다고 들었다."

약간 흠칫한 기색이 있었지만 화영의 얼굴은 여전히 평온했다.

웃는 낯으로 진조월을 바라보던 그녀는 자리에서 일어나 천천히 그의 곁으로 다가갔다.

그녀가 진조월의 옆에 앉자 기다렸다는 듯이 여러 개의 문이 동시에 열렸다. 열 명이 넘는 고운 여인들이 보기만 해도 현기증이 날 만큼의 음식들과 술을 가져왔다.

놀라운 것은, 모두 연약해 보이는 여인들임에도 그 무거운 상을 아무렇지도 않게 든다는 것이었다.

족히 스무 명은 먹어도 될 법한 많은 수의 음식들.

식도락의 극치였다. 혀로 느낄 수 있는 모든 행복이 여기에 있었다.

해상무역이 발달한 절강, 외국에서 오는 독특한 문물이 많은 만큼 음식의 가짓수도 많다.

면벽수행을 하는 스님들조차 눈이 돌아갈 만한 상이었으나 여전히 진조월은 냉담한 표정이었다.

화영은 조용히 그의 앞에 잔을 두고 술을 따랐다.

"한잔하세요, 은공."

영롱한 빛깔의 술은 폐부 속 꽁꽁 숨어 있는 근심을 풀 수 있는 화사함으로 가득하다.

차가운 불꽃, 마력적인 독기를 품은 유희의 대변자.

진조월은 단숨에 술잔을 비우고, 화영은 다시 술잔을 채웠다.

그렇게 연거푸 세 잔이나 마신 그였지만 조금의 미동도 없었다. 제법 독한 술임에도 불구하고 안색의 변화가 없는 그를 보며 화영은 복잡한 심경이었다.

각자의 천명(天命)을 타고나는 사람들, 세상에는 얼마나 많은 사람들이 있고 얼마나 많은 천명이 있는가.

당연하지만 진조월의 천명과 그녀의 천명은 다

를 것이다.

화영은 그것이 안타까웠다.

"만일 제 공자가 어디로 향하는지 아시면 바로 이곳을 떠나실 건가요?"

"굳이 네가 알려 주지 않아도 제영정은 날 찾아온다. 그저 시기를 당기고 싶을 뿐이야. 난 기다리는 취미가 없다."

"어차피 만나게 될 거라면 마음에 여유를 두셔도 되지 않을까요? 염치없이 부탁드리지만, 은공과 저의 실로 간만의 조우이니 저에게 시간을 조금만 주세요. 은공과 만나길 삼 년이나 고대했사옵니다."

"싫다."

"어머, 왜죠?"

진조월은 아무렇지도 않은 듯 술잔을 들이키며 말했다.

"난 맛난 술에 몽혼약(夢昏藥)을 들이붓는 고약한 사람과 같이 있고 싶은 생각이 없다."

화영의 얼굴이 하얗게 질렸다.

마치 북을 두드리는 것처럼 누군가가 자신의 가슴을 때리는 느낌에 그녀는 혼이 빠져나갈 것 같앉지만 내심과는 다르게 얼굴은 제 빛을 유지하고 있었다.

역시나, 놀라운 심력이었다.

"알고 계셨나요?"

"그래."

"제가 왜 이러는지도 아시나요?"

"알고 싶지 않다."

무정한 대답이었다.

화영은 얼음장처럼 차가운 그의 한 마디, 한 마디에 속이 상했지만, 겉으로 표하진 않았다.

그녀는 아랫입술을 슬쩍 깨물다가 이내 멀쩡한 신색으로 말했다.

"전 은공께서 제 공자와 접촉하지 않았으면 합니다."

여전히 교태로운 말투였다.

멀쩡한 사내라면 혼이 녹을 만한 말투에 표정은 일평생 연마해도 나오기 힘든 요염함이 가득했으니, 뉘라서 이 앞에 멀쩡한 신색을 유지할 수 있을까.

천하에서 손에 꼽힐 만한 미인이라 하기 무리가 있으나, 그녀의 고아함과 분위기만큼은 가히 침어

낙안(沈漁落雁)의 유명한 고사를 떠올리게 할 만큼의 뛰어남이 있었다.

그럼에도 진조월의 안색은 한 점의 변함이 없었다.

그의 딱딱한 얼굴과 흔들리지 않는 눈동자는 화영의 미색을 되레 퇴색시키기까지 하는 무정함이 있다.

화영은 조용히 고개를 숙였다.

"한낱 홍루의 주인이 감히 은공에게 드릴 말씀은 아니라는 것, 저도 알아요. 그렇지만 저는 두 분께서 만나는……."

"그는 어디에 있나."

화영은 약한 한숨을 쉬었다.

"은공, 주제 넘는 소녀의 짧은 소견으로 은공은……."

"어디에 있지?"

절대로 흔들리지 않는 목소리였다.

화영은 지금에 이르러서야 다시 깨달았다.

삼 년이라는 시간이 지나면서 절대로 잊지 않을 것 같은 그의 뭔가를 그녀는 되살렸다.

무수한 창칼 앞에서도 얼음과 같은 눈동자를 빛

내던 그의 모습.

애초에 남의 말 잘 듣는 성격은 아니라 하나, 그래도 혹시 싶었다.

세상 대부분 사람들이 생각하는 바, 자기 자신의 분수를 넘어선 과다한 희망은 어느 순간 비뚤어진 믿음이 되어 버리고, 잘못된 믿음은 결국 파탄에 이르도록 만든다. 삼 년이 지나서 그가 약간이나마 부드러워지리라 생각한 화영은 자신의 계산이 완벽하게 틀렸다는 걸 깨닫게 되었다.

삼 년 동안 그는 더욱 단단한 얼음이 되어 세상으로 나왔다.

아니, 애초에 그는 세상 밖으로 숨었던 적이 없던 것은 아닐까.

그녀는 다리 위에 두 손을 모았다.

모은 두 손은 꼬옥 쥔 주먹으로 하얗게 탈색된다.

"소녀는 천벌을 받을 겁니다."

"말해라."

"은공의 술잔에 넣은 몽혼약은 사형몽(死形夢)입니다. 아무리 은공이시라도 삼 일은 정신을 차리지 못하실 거예요. 그동안 제가 은공의 곁에 머물며 수발을 들겠습니다. 이렇게밖에 할 수 없는 소녀를 원망해 주세요."

"제영정과 결탁했나?"

무엇으로도 깨지지 않았던 화영의 얼굴은, 무감각하기 짝이 없는 진조월의 마지막 말에 의해 산산이 부서져 버렸다.

단아하고 곱던 그녀의 얼굴이 '슬픔'이라는 형태로 변해 가는 속도가 실로 놀랍다.

그녀의 눈에서 촉촉한 물방울이 떨어졌다.

"어찌 소녀의 진심을 몰라주신단 말입니까? 비천한 출신이라지만 소녀는 이 추한 목숨조차 귀히 여겨 주신 대인의 은혜마저 저버릴 정도로 못난 사람이 아닙니다."

"제영정, 어디에 있나."

지독한 일관성이었다.

화영은 진조월이라는 남자가 자신에게 상처를 줘 가면서까지 제영정의 위치를 알아낼 작정임을 깨달았다.

앞서 말했던 제영정과 결탁했냐는 말은, 원하는 답을 얻기 위한 냉정한 공격일 터.

그녀는 그 앞에서 굴복할 수밖에 없는 자신의

처지가 슬펐다.

화영의 눈에 발작적인 독기가 피어올랐다.

"삼 일 뒤에 알려 드리겠어요."

"그렇다면 너와 더 이상 대화를 나눌 까닭이 없다."

진조월은 옆에 세워 두었던 검을 허리춤에 질러넣은 후 일어섰다.

조금의, 아주 조금의 망설임도 없는 태도였다.

화영의 눈동자가 흔들렸다.

"은공의 광대한 힘으로 사형몽을 억누르고 계시지만, 만약 이곳을 떠나면 위험해지실 겁니다. 무리하지 마시고 그저 여기서 주무신 후에……."

"이거 말하는 건가?"

그의 왼손 검지가 쭉 펴졌다.

맹세컨대 화영은 근 삼 년 동안 이처럼 놀랐던 적이 없었다.

사형몽이라는 몽혼약은, 평범한 사람에게는 치명적인 독에 가까울 정도로 진한 몽혼약이며 암암리에 판매되는 몽혼약 종류 중에서도 세 손가락 안에 들어갈 만큼 진한 것이었다.

제아무리 강한 무인이라 한들, 차 한 모금 마실

시간에 잠재울 수 있다는 정제된 약품이었다.

오죽하면 이름도 죽은 듯[死形] 잠든다[夢] 하여 사형몽 아니던가.

실제 십여 년 전, 무예는 물론이거니와 정심 또한 박대하기 짝이 없는 소림의 유명한 고승(高僧) 한 명도 사형몽에 당하여 목숨이 위험했던 전적이 있었다.

그런 지독한 몽혼약이 새하얀 연기를 내며, 진조월의 검지를 타고 똑똑 떨어졌다.

진한 초록빛 방울이 그가 잡았던 술잔 속으로 회귀한다.

화영의 안색이 창백해졌다.

진조월은 그녀를 쳐다보지도 않고 방을 나섰다.

"과거의 인연을 생각해 한 번은 눈감아 주겠다. 하지만 앞으로 날 네 뜻대로 휘두를 생각은 두 번 다시 하지 마라. 널 죽이고 싶지 않지만 같은 짓을 반복한다면, 그땐 확실히 죽이겠다."

*　　　*　　　*

화호루가 덕청에서 가장 크고 유명한 홍루라면

호상객잔은 덕청에서 가장 안락하고 음식 맛 좋기로 유명한 객잔이었다.

비록 값은 비쌀지라도 하루 묵고 가기에는 더할 나위 없는 편안함을 제공하며 숙수의 실력 또한 그 빼어남이 절강에서 손가락 안에 드는지라 돈이 조금 있다 하는 사람들은 덕청에 들릴 시 반드시 호상객잔에 들어선다.

그러나 호상객잔의 유명함은 절강에서 손에 꼽힐 만큼 손님들도 제법 북적거리기 마련인데 특히나 연말, 연초가 되면 거리의 볼거리가 많아 자리 한 석 구하기도 어려울 지경이 된다.

혹시라도 연말에 호상객잔에서 하루를 묵고 싶다면 한 달 혹은 두 달 전부터 예약을 해야 하는 실정이니, 한낱 객잔이라고 폄하하는 범부의 우매함으로 평가되기엔 드러난 호황이 지나치게 대단한 바가 있다.

문제는, 예약을 했음에도 불구하고 객잔의 잘못으로 인해 방문객이 피해를 보는 경우다.

하지만 진조월은 눈앞의 고약한 상황을 볼 때, 호상객잔의 영업상 문제가 사실상 크지 않다고 생각했다.

어떤 장사치라도 힘이 있고 돈 많은 무뢰배가
강짜를 놓는다면 울며 겨자 먹기로 자리를 내줄
수밖에 없으니까.

보통 그럴 경우 신용의 문제가 되어 가게의 명
성에 치명적인 문제가 발생하지만, 그 '무뢰배'
가 절강에서 손에 꼽힐 만큼 대단한 위치에 있다
면 되레 동정을 받을 수밖에 없다.

잠시 어떻게 해야 할까 고민에 빠진 진조월의
앞에 연신 허리를 숙이는 객잔 주인이 있었다.

마흔에 가까운 나이, 살집이 푸짐하게 오른 중
년인이었다.

"정말 죄송합니다, 손님. 저희 측에서 대금의
두 배를 배상해드리겠습니다. 정말 죄송하게 되었
습니다."

진조월의 차가운 분위기는 굳이 무학을 익히지
않은 범부라 해도 가슴을 서늘하게 만드는 기묘함
이 있었다.

호상객잔의 주인은 진조월을 보며, 그가 어떤
부류의 사람인지 대략적이나마 깨우칠 수 있었다.

장사를 하려면 사람 보는 눈은 필수이고 그런
그가 보았을 때 진조월은 범부라 평가될 만한 사

람이 결코 아니었다. 그의 허리가 다소 과하게 숙여진 이유는 거기에 있었다.

진조월의 입이 느릿하게 열렸다.

"예약된 방에 강제로 들어선 이가 누구요?"

물음의 형태를 빌은 비수가 주인의 가슴에 퍽퍽 꽂혔다.

얼음으로 만든 비수도 이보다 차갑진 않을 것이다.

객잔 주인은 한겨울에도 땀이 뚝뚝 떨어질 수 있다는, 실로 놀라운 경험을 직접 체험할 수 있었다.

"그것이…… 항주 염권가(炎拳家) 수석조교로 있는 정팔상(丁八象) 대협입니다."

"정팔상?"

활동을 재개하기로 마음을 먹으면서 진조월은 강호의 유명한 무인들이나 세력, 개인과 집단의 분포도, 고수들의 성향까지 하나하나 파악했었다.

그런 그의 머리에 염권가라는 세력은 존재했지만 정팔상이라는 석 자를 이름으로 쓰는 자가 없었다.

그리 유명한 무인은 아니라는 뜻이리라.

그러나 염권가 출신이라면, 적어도 절강 일대에서는 목에 힘 좀 줄 수 있는 위치라고도 할 수 있겠다.

염권가라 하면 항주 유명 무문인 오상검문과 더불어 절강의 제일을 다투는 세력 중 한곳이 아니던가. 필시 위세를 일군 만큼의 무력 또한 고강할 것으로 보인다.

문제는 진조월이 염권가의 수석조교가 아니라 설령 소림사 방장이라 해도 양보할 생각이 없다는데에 있었다.

그렇다고 객잔 주인에게 호통을 칠 마음은 없었다.

"그를 불러오시오."

"네?"

염권가 수석조교라는 직책에 조용히 물러갈 거라 생각했던 객잔 주인은 눈을 휘둥그레 뜰 수밖에 없었다.

진조월의 눈동자가 한층 차가워졌다.

"불러오라 했소."

객잔 주변의 분위기가 가라앉았다.

왁자지껄 마시고 떠드는 그들의 귀에도 객잔 주

인의 목소리는 지나치게 잘 들렸고, 진조월의 목소리 또한 그 특유의 차가움 때문에 안 들릴 수가 없었다.

손님들 대부분은 눈을 돌려 진조월과 객잔 주인을 바라보았다.

개중 절반 이상의 사람들은 혀를 찼는데, 멋모르는 외지인이 염권가의 수석조교에게 피떡이 될 것 같다는 상상을 하는 모양이다.

객잔 주인은 정면으로 마주하는 진조월을 보며 저절로 다리가 움직이는 경험까지 쌓을 수 있었다.

신선한 경험으로만 치자면 진조월은 객잔 주인에게 많은 것을 주는 사람이었다.

퉁퉁한 객잔 주인이 올라가는 걸 확인한 진조월은 가만히 팔짱을 끼고 문 옆에 기대었다.

그는 이런 말도 안 되는 상황을 야기하는 무뢰배들을 많이 만나 보았다.

물론 대부분이 동네에서 주먹깨나 쓴다는 멍청이들이었지만 위세를 업고 기세등등했음은 본신의 무예가 작든 뛰어나든 별다를 것 없으리라.

그는 가만히 눈을 감았다.

몸이 피로했다.

삼 일간을 한숨도 자지 않은 채 여기저기 떠돌았다.

본신의 무예가 신의 경지에 달했다 하더라도 사람의 육신을 가진 이상 수면을 취하지 않은 피곤함은 별 수 없는 바, 더군다나 진조월은 스스로를 무신(武神)이라 생각할 정도로 오만하진 않았다. 어서 씻고 침상에 누워 편히 자고 싶었다.

"날 부른 이가 당신인가?"

이층 계단에서부터 내려오는 사내의 모습은, 실로 둔중하고 위압감이 넘쳤다.

진조월 역시 여느 사람들보다도 큰 키였지만, 그 사내는 진조월보다도 머리통이 하나 더 큰 사내였다.

큰 덩치에 인상도 험악하기 짝이 없어 수염만 가득했다면 가히 장비익덕의 재래라 보아도 썩 무리가 없는 이였다.

유난히 큰 두 주먹은 거칠고 단단하다.

나이는 대략 서른 중반 정도로 진조월보다 많아 보였다.

바로 항주에서 오상검문과 함께 절강 일대를 양

분한다는 무가(武家), 염권가의 수석조교인 정팔
상이 바로 그였다.

비록 다른 성(省)의 무문(武門)과 비교한다면
절강의 무파들은 대부분 그 수준이 낮다는 평가를
받고 있으되, 오상검문과 염권가 정도가 되면 마
냥 낮은 수준으로 평가될 수 없는 문파라 할 수
있겠다.

더군다나 가문 내, 많은 제자들을 가르치는 조
교들 중에서도 수석이라면 지닌바 무위가 능히 일
류라 불리기에 부족함이 없을 터.

객잔 내에 많은 사람들이 애써 진조월과 정팔상
의 대치를 외면하는 이유도 여기에 있었다.

괜히 불똥이 튀면 그들이라고 좋은 꼴 보기는
어려울 것이니.

부리부리한 눈으로 진조월을 내려다보는 정팔상
의 얼굴은 묘하게 일그러져 있었다.

"사람을 불렀으면 말을 하라."

진조월은 편안하게 감았던 눈을 떴다.

반쯤 뜬 눈, 반개(半開)한 눈동자가 정팔상의
호안(虎眼)과 맞닿았다.

피로한 눈이지만 특유의 차가움에 변함은 없다.

정팔상이 흠칫할 때 진조월의 입이 무감각하게 열렸다.

"내가 예약한 방을 멋대로 비집어 들어갔다 들었소. 방을 빼시오."

그의 무정하기 짝이 없는 말투에 놀라 버린 건 되레 객잔에서 술을 마시는 이들이었다. 몇몇 사람은 소름이 돋아 팔을 쓸어 만졌다. 이러다가 저 사람 맞아 죽겠구나, 싶어 눈을 질끈 감은 사람도 없지 않았다.

정팔상은 어처구니가 없어 고개를 설레설레 젓다가 재차 눈을 부릅떴다.

다른 걸 떠나 가히 눈빛만큼은 호랑이에 준할 만했다.

어지간히 심력이 강한 사람도 그 눈앞에서는 오줌을 지리고 말 정도로 정팔상의 외관은 압도적인 데가 있었다.

"보아하니 무사수행을 하는 모양인데, 나는 주위를 시끄럽게 하고 싶지 않다. 방세는 이미 주인에게 주었으니 주인과 합의하라."

"세 번 말하지 않겠소. 방 빼시오."

객잔 일층의 분위기는 가히 급전직하로 치달았다.

정팔상의 얼굴이란, 가히 흉신악살에 비할 만했
다.

이글거리는 두 눈에서 금방이라도 불길이 치솟
을 듯했다.

"간이 부어도 단단히 부었구나! 감히 내 누군
줄 알고 이리 오만방자하단 말이냐! 썩 꺼지지 않
으면 성한 몸으로 나가지 못할 게다!"

그의 호통은 쩌렁쩌렁하여 일대에 널리 퍼졌다.

오만함의 절정이었다.

일신의 무력, 든든히 등을 받쳐 주는 세력의 강
대함을 믿지 않았다면 이렇게는 할 수 없다.

중간에서 객잔 주인이 발을 동동 굴렀을 때였
다.

진조월의 동공이 파랗게 빛났다.

"더 이상 피곤하게 하지 마시오."

일층 전체를 지배하는 한기는, 저 북쪽 빙굴(氷
窟)의 서늘함을 닮았다.

묘한 정적이 일었다.

겨울의 싸늘함을 날려 주던 객잔 내의 화덕이
금방이라도 꺼질 듯 일그러진다.

진조월은 정팔상을 바라보았고, 정팔상의 안색

은 새하얗게 질려 버렸다.

그러나 정팔상의 얼굴을 보지 못했던 무수한 객
잔 손님들은 뭔가 큰 싸움이 날 것 같아 슬슬 의
자에서 엉덩이를 떼기 시작했다.

그러나 애초에 싸움이 될 수 없음을 그들은 알
수 없었다.

정팔상은, 무수한 전투에서도 항상 대지를 지탱
했던 두 다리에 갑자기 힘이 빠진 느낌이 낯설었
다.

겨울이라는 날씨에 맞지 않게 그의 온몸은 순식
간에 식은땀으로 가득 찼다.

소름끼치는 감각.

주위에 피해를 주지 않고, 오로지 정팔상에게만
집중되는 발작적인 위압감이란 가히 상상을 불허
하니 두 주먹으로 절강의 아수라장을 헤쳐 갔던
정팔상조차 말을 잇지 못했다.

후들거리는 다리의 떨림은 곧 전신으로 퍼져 나
간다.

그 시간은 실로 찰나.

달달 떠는 정팔상을 보며, 자리에서 일어서려던
많은 사람들은 의아한 기색이었다.

진조월은 옆에 빈 의자 하나에 앉아 눈을 감았다.

"반 각을 기다리겠소. 시간 엄수하시오."

적어도 절강 내에서 염권가 소속 무인에게 이리도 무감각하게 말할 수 있는 낭인이란 거의 존재하지 않는다.

가히 한 지역의 패자, 왕이라 할 만한 위세를 떨치는 염권가는 오로지 두 주먹만으로 일어선 철혈의 무가였다.

비록 천하에 명성이 자자한 오대세가(五大世家)에 준하기 어려우나 해상무역으로 유명한 절강에서 이만큼의 위치를 차지하기란 여러모로 힘든 것역시 사실.

전신을 옥죄는 한기가 씻은 듯이 사라질 때 대다수의 무인이 그러하듯 공포는 수치로 변한다. 더군다나 자존심이 강한 무인이라면 수치의 확산이란 달변가의 언변으로도 잠재우기 어려운 불꽃으로 화한다.

정팔상의 얼굴이 부끄러움으로 시뻘겋게 변했지만, 그는 주먹을 꾹 쥘 뿐 별다른 행동을 감행하기 어려웠다.

'강하다.'

무학에 발을 디디지 않은 범부들에게 일체의 피해도 주지 않은 채, 어느 한 개인에게만 살기를 집중시킨다는 것은 어지간한 고수라도 꿈꾸기 어려운 기예다.

자신의 기를 통제하며 자유자재로 쏘아 보내는 것, 무인으로써의 기량이 절정에 달했다는 증거.

죽기 싫다면 강자 앞에서 꼬리를 마는 것이 현명한 법.

그건 약육강식의 자연 세계처럼 무림에서도 통용된다.

멋모르고 덤볐는데 상대가 말도 안 되는 고수였다면 이미 살아날 가능성은 바닥에 가까워진다.

정팔상이 이를 꽉 물었다.

"나는 염권가 소속 수석조교 정팔상이라 한다. 귀하의 이름은 무엇인가! 염권가 무인에게 수치를 주는 것도 모자라 이리 오만한 행태를 보이다니, 그대의 앞날이 밝을 것이라 생각하는가!"

진조월의 자세와 표정은 한 치의 변함이 없었다.

여전히 팔짱에 눈을 감는다. 더할 나위 없이 편

안한 모습이었다.

정팔상의 얼굴이 더욱 일그러졌다.

상대는 아예 자신을 무시하기까지 하고 있다.

무림에서의 대무(對武)란 심장을 꺼내 놓고 이긴 자가 취하는 생사의 싸움.

정팔상 역시 무수한 무인들과 대결을 벌여 살아남았고, 덕택에 염권가의 수석조교라는 직책까지 오를 수 있었던 것이다.

그런 정팔상에게 이 정도의 수치는 오랜만이었다.

과거, 그에게 수치를 안겨 주었던 대상은 모조리 피떡이 되어 삶을 마감했었다. 그러나 문제는 그 과거의 대상들이 이 인간처럼 강하지 못했다는 것에 있었다.

물러나느냐, 아니면 명예를 위해 주먹을 드느냐?

그때 어디선가 청아한 목소리가 흘러나왔다.

*   *   *

"본신의 무력과 배경의 위세를 빌어 고약한 일

을 일삼은 자가 수치를 논하는 것이, 실로 말할 수 없는 웃음을 자아내는구나. 부덕한 일을 보고 강자에게 맞서는 것은 의협(義俠)의 처음이자 끝이요, 본인의 죄를 뉘우치고 사죄를 건넬 용기가 있다면 그가 정도(正道)에 발을 디딜 준비가 되었음이라. 마땅히 정백(正白)임을 자처하는 염권(炎拳)의 가문 소속임을 그대는 잊었단 말이오?"

들기만 해도 폐부를 시원하게 만드는 음색은 일층에 깔린 한기를 풀어 주는 안온함으로 가득했다.

이층에서 내려오는 자, 탈속한 도사의 모습이 실로 이러할까 싶은 남자였다.

청색의 무복과 털옷으로 겨울의 차디찬 바람을 방비한다.

요대(腰帶) 좌측에 고풍스러운 패검(佩劍)을 찬 사내는 천천히 진조월과 정팔상의 사이로 걸어왔다.

진조월이 얼음, 정팔상이 불꽃이라 하면, 이 사내의 분위기는 봄날의 바람을 닮았다.

온화하고 온화하여 주변의 분위기를 부드럽게

풀어 주는 놀라운 힘이 있었다.

곱게 넘긴 머리카락과 정기가 충만한 눈동자는 수려하기 짝이 없다.

비록 진조월과 비슷한 연배로 보이지만, 인상이 차가워 다가가기 힘든 진조월에 비한다면 찬탄이 절로 나오는 미남이었다.

정팔상의 얼굴에 떨떠름한 기색이 떠올랐다.

"귀하는 누구요?"

"신(申)모요. 별다를 것 없는 이름이니 굳이 이름 석 자를 밝히진 않겠소."

덕청에서 신씨의 성을 가진 사람들은 그리 많지 않을 것이다.

더군다나 이토록 정명한 기도에 고아한 기품이란, 농사짓는 범부에게서 나올 만한 것이 아니었다.

눈살을 와락 찌푸렸던 정팔상은 이내 심각한 표정으로 물었다.

"혹, 귀하의 소속이 서호에 똬리를 틀지 않았소?"

"하하. 내 소속을 그렇게나 알고 싶소? 알아서 뭐할 것이고 몰라서 뭐할 것이오? 중요한 건 당신의 행태가 잘못되었음을 스스로 인정하지 않는 작금의 상황 자체에 있다는 생각을 하지 못하오?"

정팔상의 얼굴이 더욱 붉어졌다.

당장이라도 불을 토해 낼듯 그의 눈썹은 일그러졌고 기세는 흉흉했다.

그러나 진조월은 여전히 눈을 감고 있었으며, 신씨의 사내 역시 표정의 미동이 없었다.

"아무리 삭막한 세상이라지만 명백히 정도를 걷고 있다 자부한다면, 본인의 잘못을 인정하는 게 좋지 않겠소? 정팔상이 속한 염권가가 무뢰배의 가문이라는 소문이 정녕 구만 리 창천에 퍼지길 바라는 거요?"

"언사가 과하오! 감히 염권가를 들먹이다니!"

"하면 당신이 지금 보이는 작태를 어찌 설명해야 하는 거요? 세력을 등에 업는 것이란, 타인을 억압할 때 사용되는 것이 아니라, 담백한 의지와 부끄러움 없는 정당함을 표출할 때 빛을 발하는 법이오. 실로 자명한 이치이거늘 그를 모른다 함은 둘 중 하나. 머리가 모자라거나 스스로 정도임을 저버리는 경우라 생각하오. 당신은 어느 쪽을

택하여 자신의 색을 입증할 것이오?"

사람을 화산에 비하는 것이 그다지 매력적이지 못할 수 있지만 지금 정팔상의 모습은 가히 터지기 직전의 화산에 비할 만했다.

주변에서는 감탄이 터져 나왔다.

신씨 성의 남자가 하는 말은 구구절절 심금을 울리는 바가 있었다.

부드러운 화법이지만 준엄한 일통이 숨겨졌다.

상황을 좁고 좁게 만들어 정팔상이 주먹을 들어도, 그저 꼬리를 말고 도망쳐도 명예에 흠집을 내게 만드는 화술이었다.

이러지도 못하고 저러지도 못하는 상황에서 진조월은 눈을 감은 채 한마디 던졌다.

"서른 셀 동안 방을 빼지 않으면 직접 쫓아내겠소."

그야말로 화룡점정이었다.

씩씩거리던 정팔상은 이내 쿵쿵거리는 발걸음으로 계단 위로 올라섰다.

설령 주먹을 들어 둘에게 육체적인 압력을 가할 목적이 있다 한들, 둘의 비범한 기색이 실로 녹록치 않아 상황이 불리함으로 이끌어짐을 깨달은 것이다.

그렇다고 이 상황에 사과를 한다는 것도 자존심이 상하는 일.

그는 재빨리 짐을 챙겨 객잔을 나섰다.

나서기 전 그는 거친 기세가 가득한 눈으로 진조월을 노려보았다.

"네놈의 얼굴을 기억하겠다! 나, 정팔상은 결코 이 수치를 잊지 않으리라!"

진조월은 가만히 눈을 떠 객잔 주인을 쳐다보았다.

"주인 양반."

"네, 네?"

"문 닫으시오."

와아! 하는 소리가 사방으로 울려 퍼졌다.

속 시원한 장면을 본 손님들의 반응은 열광에 가까웠다.

신씨 성의 사내는 피식 웃음을 터트렸고, 진조월은 당연하다는 듯 계단으로 발걸음을 옮겼다.

두 사내는 서로를 쳐다보지도 않았고 표정에 변화 역시 없었다.

그저 자신의 걸음을 따라갈 뿐이었다.

삼층의 객실로 들어가는 진조월의 뒷모습만 살짝 본 신씨 성의 사내, 신의건(申義乾)은 몸을 돌려 이층의 창가 자리로 걸어갔다.

　그곳에는 묘령의 여인이 신의건을 향해 손을 흔들고 있었다.

　신의건이 봄날의 바람이라면 젊은 여인의 분위기는 바람에 휘날리는 숲속의 나뭇잎을 닮았다.

　고아한 자태가 매력적인 여인, 신의건처럼 허리춤에 한 자루 장검이 달랑이고 있는데, 여성미가 물씬 풍기는 외관과 달리 병장기를 찬 모습은 아주 잘 어울렸다.

　신의건이 여인의 맞은편에 앉자 그녀의 입이 열렸다.

　"잘 처리가 된 것 같네요."

　"그럭저럭 잘된 듯싶다. 염권가의 위세가 요즘 대단하다 하더니, 권가의 가주께서 가내 식솔들 관리에 어지간히 골치를 앓으시겠다. 저런 소인배가 수석조교랍시고 거들먹거리고 다니는 꼴이 참으로 가관이구나."

　검을 찬 여인, 문아령(汶阿玲)은 이내 곱게 눈살을 찌푸렸다.

"한데 저 투박한 철검을 찬 남자, 어지간히 차가운 사람이더군요. 예의라도 고맙다 얘기할 만한데 눈도 안 마주치고 들어가다니. 사형이 만일 공명심이 가득한 사람이었다면 또 한차례 시끄러워졌을 거예요."

"하하, 사내다워서 좋지 않으냐? 나 또한 일시에 울컥하여 끼어들었다만, 굳이 내가 나서지 않아도 상황은 잘 정리가 되었을 것이다. 저런 사람은 맺고 끊음이 정확하여 다소 깐깐해 보일지라도, 인연이 된다면 꼭 사겨 두고 싶은 사람이니까."

"그건 동의해요. 나이는 사형과 비슷한 것 같은데, 놀라운 무학을 쌓은 것 같아요. 걸음걸이 하며…… 고수 같던데요?"

신의건 역시 고개를 끄덕였다.

"그렇다. 남북십걸을 제하고도 저리 대단한 무인이 있다니 역시 세상은 넓구나. 봐서 알겠지만 산천에는 드러나지 않은 비범한 이가 이토록 많은 법이다. 사매는 워낙 알아서 잘하겠지만, 정진 또 정진해야 해."

"걱정 마세요."

둘은 웃으며 가볍게 술잔을 부딪쳤다.

*   *   *

반 시진 가까이 뜨거운 욕탕에서 몸을 씻은 진조월의 모습은 이전과 비교해 감탄이 절로 나올 만큼 깔끔했다.

묶지 않고 완전히 뒤로 넘긴 머리카락으로 인해 차가운 얼굴이 그대로 드러났지만, 차가우면 차가운 대로 그만의 매력이 은근히 흐른다.

머리도 채 다 말리기 전, 침상에 누운 진조월은 가만히 눈을 감았다.

호와 흡으로 몸의 긴장을 완전히 푼 그는 강제로라도 잠을 청할 생각이었다.

그러나 뜻한 바를 쉬이 이루기는 힘들었으니 진조월은 그답지 않게 한숨을 내쉬며 다시 몸을 일으켜 세웠다.

미리 구입한 흑색 무복과 흑색 장포로 몸을 감싼 그는, 오늘도 수면을 취하기는 글렀다고 생각했다.

항상 따라다니는 목소리.

마치 그림자처럼 잠을 잘 때가 되면 그를 빠르게 현실로 이끄는 절규, 비명.

뜻한 바를 이루고자 세상에 나왔을 때부터 그는 한 시진 이상 편히 잔 적이 없었다.

'별 수 없군.'

이 상태로는 위험하다.

아무리 무공을 익혀 극고의 경지에 오른 무인이라 해도 수면을 취하지 않으면 결국 몸에 파탄을 드러내게 되는 법.

그 시기가 빠르냐 늦냐의 차이일 뿐, 수면은 사람에게 반드시 필요하다.

그는 검을 침상에 아무렇게나 던져 둔 채 이층으로 내려섰다.

술이라도 한잔할 생각인 것이다.

늦은 시간, 반 시진만 더 지나면 자시(子時)가 되어 세상 대부분의 사람들이 몽중의 도피처로 몸을 싣는 시간이 되었다.

그러나 객잔의 활기는 여전했고, 일층은 물론 이층이라고 다를 수 없었다.

진조월의 표정은 변함이 없었지만 속으로는 약간의 난감함을 느끼고 있었다.

일층에 비한다면야 이층의 시끌벅적함이야 다소 작은 것이라 치지만, 결국 시끄러운 건 똑같고, 심지어 자리도 하나 나지 않았다.

창가, 달빛을 안주 삼아 한잔하고 싶었으나 결국 포기해야 할 듯싶었다.

'방에서 마셔야겠군.'

그가 몸을 돌릴 때였다.

—형장. 자리가 없어 곤혹을 겪고 있다면 이리 와 함께 어울리는 것이 어떻소?

그의 귀를 때리는 청명한 음성이 있었다.

시끌시끌, 흥분으로 분위기가 잔뜩 달아오른 이층에서 아무도 그에게 말을 걸 사람은 없었으나 분명 그의 귀를 때린 건 사람의 목소리였다.

'전음입밀(轉音入密).'

깊은 내공으로 소리를 전달하는 상승의 내가수법.

진조월의 시선이 창가에 앉은 두 명의 일남일녀에게로 향했다.

일전, 덩치 큰 고약한 사내와 대치했을 때 중간

에서 준엄한 일성으로 패악을 일삼던 무뢰배를 보내 버린 남자였다.

어떻게 할까, 짧게 고민하던 진조월은 이내 소란스러운 무리를 헤치고, 그 자리까지 걸어갔다.

이런저런 이야기로 꽤나 마셨는지 탁자 위에는 여댓 개의 술병들이 뒹굴고 있었다.

그러나 사내도, 여인도 한 점의 취기를 찾아보기 어려우니 필시 조금 전 진조월을 보며 내기(內氣)의 운용으로 주독을 몰아낸 것이리라.

증거로 진조월은 허공을 맴도는 과한 주향을 맡았다.

이 짧은 시간 취기를 기화시켰다는 것, 각고의 노력으로 일정 이상의 경지를 구축한 무인이라는 증거다.

진조월은 짧게 '고맙소' 한마디를 던진 후 자리에 앉았다.

마침 자리도 좋아 주옥같은 달빛의 청명함을 볼 수 있는 명당.

금일 마시는 술은 제법 맛날 것이라 예상하며, 진조월은 점소이를 불렀다.

"동파육 큰 것 두 접시와 소흥주(紹興酒) 세 병

을 주게."

점소이를 불러 주문을 시킬 때까지 한마디도 하지 않던 사내, 신의건은 너털웃음을 지으며 진조월에게 말을 건넸다.

"하하, 형장께서는 허기가 많이 지신 모양이오. 여아홍도 석 병이나 시킨 걸 보아하니 참으로 술을 즐기는 사람인 것 같소."

진조월의 차가운 눈동자가 신의건의 훈훈한 눈동자와 부딪쳤다.

어지간한 사람이라면 위축되어 절로 움츠려들 만도 하건만 신의건의 눈은 한 점의 흔들림 없이 곧게 진조월을 쳐다보고 있었다.

정기가 충만한 눈동자.

이런 눈동자를 가진 사람을 보기는 결코 쉽지 않은 법.

해가 넘어가면 삼십의 나이를 먹으며, 그전의 삶에선 무수한 아수라장을 겪은 진조월이었으나 그조차 이런 정명한 눈동자의 무인은 다섯을 채 보지 못했다.

"자리값이오."

"자리값? 무슨 말씀이신지?"

더 이상 말을 잇지 않는 진조월은 고개를 돌려 창밖의 달만을 바라보았다.

의아한 신의건과 문아령은, 그제야 그 의미를 깨달았다. 좋은 자리를 열어 준 대신, 동파육 한 접시와 소흥주 한 병씩을 선물한 것이다.

문아령은 작게 미소를 지었고, 신의건은 호탕하게 웃었다.

"그저 자리 하나 양보한 것치고는 지나친 선물이오."

"괜찮소."

냉담한 대답이었다.

문아령은 웃음을 멈추었지만, 신의건의 웃음은 멈출 기미가 보이질 않았다.

그는 붙임성 좋게 웃으며 연신 말을 건넸다.

"형장의 신색이 워낙 비범한지라 아까부터 한줄기 인연이라도 맺으면 좋겠구나, 싶었소. 살면서 하늘의 무심함에 가슴이 좁아 토라진 적 많았거늘 이리 좋은 인연을 맺어 준 걸 보면 하늘도 마냥 탓할 만한 소일거리는 안 되는 듯싶소. 이왕지사 자리도 좋은데 굳이 독작(獨酌)의 흥취를 즐기고 싶다면 모르되, 그도 아니라면 달 밝은 이 밤에 한잔 술로 어울림이 어떠하오?"

호기가 가득하고 친근하기 짝이 없는 어조였다.

세상을 살아가며 마냥 일신의 무력만을 믿고 앞길을 헤쳐 가는 평범한 무인들보다 훨씬 강렬한 무기를 쥐고 있구나, 진조월은 생각했다.

맹장(猛將)의 파격과 덕장(德將)의 유함을 겸비한 사람.

이런 사람이라면 좌중을 끌어들이는 능력 역시 뛰어날 터, 기세만 잘 탄다면 천하에 이름을 떨칠 상이었다.

그는 지긋이 신의건을 바라보다 말했다.

"나는 말주변이 좋질 못하오."

"말주변 좋은 사람치고 진중한 사람 없더이다. 나는 진중한 사람이 못되어 입이 쉬질 않으니, 형장은 혹시라도 어색한 자리가 되지 않을까 하는 걱정 따윈 애초에 할 필요가 없소."

호쾌한 남아였다.

때마침 동파육과 소흥주 세 병이 도착했다.

진조월은 아무 말 없이 신의건의 술잔에 술을 채워 주었다. 행동으로 말해 주는 무언의 승낙이었다.

신의건은 무엇이 그리 좋은지 멋지게 웃었고, 문아령 역시 재차 웃음을 되찾았다.

문아령의 술잔까지 채운 진조월은 입을 열었다.

"진 씨 성에 조월이라는 이름을 쓰는 무부요."

먼저 이름을 밝힐 줄은 몰랐는지 신의건과 문아령의 눈동자가 살짝 커진다.

하나 그도 잠시, 두 남녀의 소개가 잇따랐다.

"멋들어진 이름이올시다. 본인은 신 씨 성에 의건이라는 이름을 쓰는 무명소졸이오."

"문아령이라 해요."

진조월의 눈에 살짝 이채가 스쳤다.

그는 비로소 그들의 몸에서 흐르는 안정된 분위기와 기에 집중하였다.

"보타(普陀)?"

"이것 참, 형장의 안목이 대단하구려. 여태껏 알아보는 사람이 없었는데 말이오."

가볍게 말하는 신의건이었지만, 강호에 흐르는 삶을 사는 무인들에게 보타라는 이름은 결코 가벼운 것이 아니었다.

절강 항주 너머에 있는 주산군도(舟山群島).

그중 한 작은 섬을 이루는 보타산(普陀山)은 불

교의 영지 중 한 곳으로 비구니들이 불공을 드리는 곳으로 유명하지만 무림에서는 찬연한 무공절기, 빼어난 무력으로 찬사를 받는 곳이다.

보통 강호의 일에 참여치 아니하나 세상에 해악이 심각할 시에는 많은 검사들이 대륙으로 넘어와 참악(斬惡)의 신위를 이룬다는 신비의 무문(武門).

대대로 수많은 여검수(女劍手)들을 배출했으며, 지난바 검학(劍學)의 대단함이란 대륙 어느 무문과 비교해도 월등한지라, 무공의발이 전수된 여인을 세인들은 검후(劍后)라 부르며 경탄한다.

남해보타암(南海普陀庵).

일선에 나서지 않지만, 무학의 깊이로는 가히 소림사에 비견되는 불가검문(佛家劍門).

"보타암은 사내를 받지 않는다 들었는데."

"하하, 어느 곳이나 이례는 있는 법 아니겠소? 들어 봤자 형장의 귀나 더럽힐 얘기이니 그만둠이 좋겠지만, 만창 떠들어도 별 부끄러움이 없어, 굳이 원하신다면 들려드리겠소."

밝혀 봤자 좋을 것 없을 속사정 따위 들어서 뭐 할 것인가. 진조월은 특유의 냉막한 목소리로 '됐소' 한마디를 건넨 후 술잔을 들었다.

소흥주, 여아홍의 씁쓸하고도 멋들어진 향기가 목구멍을 간질거린다. 청명한 달빛을 보며 기울이는 술잔이란 그 자체만으로도 예술이라 불릴 힘이 있었다.

몇 순배의 술잔이 돌자 신의건과 문아령의 얼굴에 홍조가 돌았다.

신의건은 친근감 넘치는 눈빛으로 물었다.

"진형은 행선지를 정해 놓은 곳이라도 있으시오? 결례가 될 것도 같지만, 진형의 성격상 축제나 보려고 절강에 들른 건 아닐 듯싶은데…… 번잡한 걸 좋아하지 않음에도 호상객잔에 들른 건 이유가 있을 것 같소."

넉살 좋게 진형이라고까지 부르는 신의건을 보며 진조월은 어쩐지 피곤한 사람과 얽혔다는 느낌도 들었지만, 오랜만에 이루어진 타인과의 술자리가 그렇게 나쁘지만도 않아 불쾌함을 비치지 않았다.

어쩌면 스스로는 아니라 하면서도 가슴 한편에 외로움이라는 감정을 쌓아 두었는지도 모른다.

진조월은 시답지 않다 생각하며 툭 말했다.

"기다리는 사람이 있소."

"호오? 진형이 기다리는 사람이라? 그것 참 묘하게 궁금하구려."

신의건의 솔직한 심경이었다.

그가 보았을 때 진조월이란 인물은 남을 기다리게는 할지언정 기다리는 사람은 아니었던 것이다.

남이 보면 오만하다고 할 수 있는 성정, 이런 사람은 평범한 사람이 감당하기에는 조금 힘들다는 단점이 있다.

"나와 사매는 서호로 가는 중이오. 내 아우 녀석이 전생에 무슨 공덕을 쌓았는지 마침 좋은 처자를 만나 혼인을 올린다지 않겠소? 아무리 못난 우형(愚兄)이라지만, 동생 놈 혼인식에는 얼굴이라도 비춰야겠다는 생각이 들어 사매와 그리 가는 길이라오."

이미 짐작은 하고 있었지만 이렇게 듣게 되니 확신을 하게 된다.

진조월은 무감각하게 술잔을 마시며 대화를 진행시켰다.

"서호신가의 사람이오?"

신의건은 히죽 웃었다.

"그렇소. 일대에서 워낙 호인으로 유명한 동생이라 그런지 혼인 한번 올리는 일에 소문이 자자한 모양이구려."

"한 번씩 들리더이다."

"하하, 아주 판을 제대로 벌린 모양이오. 하기야 녀석이 어릴 때부터 제법 신동 소리를 듣고 자라 어깨에 힘이 들어가긴 했지만, 나름 좋은 쪽으로 명성이 높은 편이오. 나 같은 무부야 혼인이라도 대충하는 무식쟁이라지만, 동생은 또 다른가 보오. 뭐, 동생 자랑하는 팔불출이라 여겨도 별수 없소."

이놈저놈 해도 동생을 진정 사랑하지 않으면 보일 수 없는 모습이었다.

문아령은 주책이라며 신의건을 타박했지만, 그럴수록 신의건의 웃음소리는 커져만 갔다.

진조월은 피식 웃음이 나왔다.

동생을 사랑하는 형의 마음이라…… 이토록 유쾌한 언변으로 좌중을 즐겁게 말하는 사람도 드물 것이다.

그리고 그는 자신이 웃었다는 것에 그는 놀라버렸다.

점점 무덤덤해진다고 생각했는데 아직도 자신에게 웃음이나 즐거움 같은 감정이 남아 있었던 모양이다.

달빛도 좋고 술맛도 좋다.

예상치 못한 술자리에서 만난 인연의 힘은 놀라우리만치 달달하다.

그들은 왁자지껄 떠들며 축시(丑時) 말에 이르도록 술잔을 비웠다.

이야기를 주도하는 건 신의건이었고, 문아령은 맞장구를 쳤으며, 진조월은 극소량의 언어로 최소한의 예의를 지켜 가는 대화였다.

문아령의 얼굴이 불콰하게 변하고, 신의건의 얼굴은 거의 화산으로 변하기 직전이었다.

다만 일전 정팔상과 다른 면이 있다면 재미와 유쾌함으로 얻은 붉음이리라.

"참으로 흥취가 도는 밤이오. 이 인연이 어찌 나아갈지 점쟁이가 아니고서야 알 수 없을 것이오. 하나 나는 반드시 이어 가고 싶은 마음이오. 진형도 기다리던 사람을 만난 이후에 별 할 일이 없다면 혼인식에 참석하시는 게 어떻겠소? 내 아버지가 원체 꽁생원이지만, 동생 혼인이라면 맞난 음식도 많이 할 것이오. 와서 좋은 사람들과 얼굴도 익히고 나와 또 한 번 술자리나 가집시다."

"아마 시간이 없을 듯싶소."

진정 안타깝다는 듯 신의건은 얼굴을 찌그러트렸다.

"저런. 하면, 내 동생 결혼식 이후 한 달 정도를 더 쉴 예정이니, 그 안에라도 시간이 되면 꼭 와 주시길 바라오. 못 다한 이야기가 산더미외다."

진조월은 가만히 두 남녀를 쳐다보다가 고개를 끄덕였다.

'사귀어 둘 만한 사람.'

좋은 사람이다.

바쁜 와중에도 인연을 맺고 싶다 함은 신의건만이 아니었다. 나중이 어찌 되든, 맺은 인연을 유지한다.

결국 그는 알겠다 말할 수밖에 없었다.

"시간이 나면 한번 들르겠소."

"하하! 내 오늘 처음 봤지만 진형이 거짓말 할 사람이 아니라는 거 잘 알지. 반드시 오리라 믿소. 혹 약속을 어기고 훗날 길거리에서 조우하게 되면 내 검부터 뽑을 터이니 그리 아시오."

재미있는 사내다.

진조월은 묵묵히 고개를 끄덕였다.

그렇게 젊은이라고 말하기 어려운, 그러나 중년
이라고 말하기도 어려운 어정쩡한 나이들의 술자
리는 끝맺게 되었다.

고아한 달, 바깥은 겨울의 한풍으로 차갑지만
훈훈함이 그림자처럼 남아도는 밤이었다.

진조월은 반 시진이나마 깊은 잠에 들 수 있었
다.

*　　　*　　　*

바람처럼 지나간 시간은 추운 겨울의 향기를 간
직한 채 새해를 열었다.

열흘을 더 호상객잔에 머문 진조월은 그간 단
한 번도 바깥으로 나간 적이 없었다.

배가 고프면 방 안에서 식사를 마쳤고, 대부분
의 시간을 명상으로 보냈다.

침상에 가부좌를 틀고 앉은 그는 심지어 몇 시
진이고 가만히 있었다.

그러나 혼자만의 시간도 이제는 끝났다.

가만히 가부좌를 틀고 앉았던 진조월의 눈이 번쩍 뜨였다.

은은한 신광(神光)이 맴돌다 사라진 그의 눈동자는, 이전처럼 여전히 차가운 빛만을 머금고 있었다.

기감이 꿈틀거린다.

부러진 파검(破劍)을 허리에 찬 그는 순식간에 객잔 일층까지 내려가 바깥으로 나섰다.

거리에는 불빛이 반짝인다.

초저녁, 여전히 추위는 기승을 부리고 쌓인 눈은 어느 정도 정리가 되었다.

살을 에는 바람을 맞으며 진조월의 걸음은 객잔의 후방, 자그마한 야산 쪽으로 향했다.

말이 야산이지 작은 둔덕이나 마찬가지였다.

그리고 그는 마침내 보았다.

자신을 기다리는 '그'를.

*   *   *

"달빛이 좋군요."

"……."

"좀 춥긴 하지만 운치도 있고, 자리를 잘 잡은 것 같습니다. 역시 절강의 야경은 사계를 가리지 않는 듯합니다."

진조월의 눈은 여전히 겨울의 한풍을 닮았다.

이전과 조금 달라진 것이 있다면, 세상을 오시하는 차가움의 농도가 지나치다 싶을 정도로 짙어진 것뿐이었다.

그의 앞에 선 사내는 이제 갓 스물이나 되었을 법한 청년이었다.

귀티 나는 얼굴. 정갈한 무복에 털옷으로 추위를 막는다.

호리호리한 몸이었지만 놀랍게도 등에는 여섯 자에 가까운 크고 두꺼운 거도(巨刀)를 매고 있었다.

장정 두 명이 들어도 힘에 겨워할 무겁고 파격적인 칼.

진조월을 바라보는 청년의 눈동자는 젊은 날의 혈기보다 신중함, 더불어 약간의 적개심을 담고 있었다.

"제영정."

홍안(紅顔)의 젊은이.

대외적으로 알려진 철혈성주 여섯 제자들 중 다섯째 제자이자, 다소 폐쇄적인 성격을 띠는 철혈성 내에서 자질만이라면 최고라 평가되는 당당한 무인.

그의 이름은 제영정이었다.

제영정의 입이 재차 열렸다.

"삼 년 만인가요? 이렇게 얼굴을 마주하는 것이."

"그렇군."

"그 지옥에서 용케도 살아남으셨습니다."

한때 사형이었던 사람에게 할 만한 말투는 아니었다.

언뜻 예를 차리는 것 같지만 속을 들여다보면 노골적인 비난과 적개심이 팽배하다.

사형제(師兄弟)의 지간이라 함은 한 사부 밑에서 동문수학을 한 형제와도 같은 사이라는 뜻. 혈육은 아니라지만 피를 나눈 형제 못지않은 인연으로 얽힌 사이가 사형제임은 누구나 아는 바.

그럼에도 사형을 바라보는 사제의 눈이나 사제를 바라보는 사형의 눈이나 도무지 애틋함이라고는 찾아볼 길이 없었다.

"그대로 산수에 묻혀 지내시지 무엇 하러 세상에 나오신 겝니까?"

"……."

"그렇게 명을 재촉코자 하십니까?"

진조월은 제영정의 눈을 보다가 시선을 하늘로 돌렸다.

어두운 하늘.

비단 장막처럼 펼쳐진 은은한 어둠에 달빛까지 스며들어 고고하게 흘러가는 구름은 표현 못할 색깔로 그들을 굽어보고 있었다.

포근함과 차가움.

완전한 휴식을 상징하는 저 야천(夜天)과 같은 색깔의 눈으로, 진조월은 제영정을 바라보았다.

"실력이 제법 늘었다."

제영정의 눈썹이 꿈틀거렸다.

"유유자적하시군요. 내가 옛날과 같다고 생각하면 오산이지요. 방금 마음만 먹었다면 당신의 목은 이미 땅을 굴렀을 것입니다."

"재주가 늘었다만 보는 눈은 여전히 바닥을 기는구나."

"시험해 보시겠습니까?"

"넌 옛날부터 말이 많았지."

스르릉.

겨울의 찬바람조차 피할 만큼 소름끼치는 소리가 울렸다.

기이한 동작으로 무자비한 크기의 칼을 꺼낸 제영정의 모습은, 이전과 또 다른 박력을 풍겼다.

어지간한 참마검(斬馬劍)조차 상대가 안 될 정도로 엄청난 크기의 칼이었다.

필시 무게 또한 대단히 무거울 것이 분명함에도 제영정은 가볍게 한 손으로 칼을 들었다. 지닌바 내공이 나이에 어울리지 않게 깊다는 의미였다.

"술잔이라도 나누면서 마지막 가는 길을 보내드리고 싶지만 아무래도 당신에게 그럴 복은 없는 모양이지요."

진조월은 답변조차 하지 않았다.

가만히 팔짱을 낀 채로 제영정만 바라보고 있었다.

차갑디차가운 눈, 도무지 사람의 눈동자라 생각할 수 없는 마안(魔眼)을 보며 제영정은 가만히 입술을 깨물었다.

"그 더러운 피가 묻은 파검(破劍)은 여전히 들고 다니시는군요. 뽑으십시오. 당신의 몸뚱이와 함께 귀신 들린 그 검도 부서뜨리겠습니다."

"뽑지 않는다."

"그냥 죽겠습니까? 하긴 당신 같은 사람에게 생사의 대무(對武)도 사치스러운⋯⋯."

"뽑게 할 실력이나 되고 나서 왔어야지."

무인에게 이보다 더 모욕적인 말은 드물다.

더군다나 한창 실력에 자신이 붙어 세상을 오시할 만한 혈기로 무장된 청년에게는 차라리 죽음보다도 더한 수치이리라.

그것은 신중한 성격으로 이름이 높은 제영정 역시 마찬가지일 것이다.

제영정의 눈에 발작적인 신광이 어렸다.

"그 오만이 당신을 죽음으로 몰아넣을 겁니다."

느닷없는 생사의 전투가 시작되었다.

한줄기 바람이 그들 사이로 지나치는 순간 제영정의 공격은 시작되었다.

바닥을 박차고 나아가는 신형의 매끄러움은 마치 물결치는 호수의 아름다움과 같았다. 땅에 쌓인 눈이 거칠게 비산하고 한참이나 덮여 있던 회

색빛 바닥이 모습을 드러냈다.

비조(飛鳥)처럼 다가와 찍어 내리는 칼날.

엄청난 무게감으로 지저(地底)를 향해 꽂아 가는 거도였다.

그 중간에 존재하는 건 진조월의 정수리였다.

위압적인 기세와 태산과도 같은 힘은 단박에 그를 반으로 쪼개 버릴 것 같은 압도적인 강렬함이 있었다.

닿기도 전에 피가 터질 것 같은 상황에서.

어느새 진조월의 우측 손가락 하나가 폭포처럼 떨어지는 거도의 도신에 닿았다.

쩌어어엉!

칼을 쥔 제영정은, 그 거대한 칼과 함께 옆으로 삼장이나 물러서야 했다. 땅바닥은 밀린 자국으로 두 줄기 기다란 고랑이 생겨났다.

떨어져 나갈 것 같은 팔을 다른 팔로 겨우 지탱하며 제영정은 진조월을 바라보았다.

그는 언제나 그곳에 서 있는 철기둥처럼, 태산과도 같은 존재감을 과시하며 제영정에게 시선을 돌렸다.

차가운 눈빛만을 빛내던 이전과는 달리, 공격이

시작되자 온몸에서 스산한 기세를 발하는 진조월의 몸은 가히 터지기 일보직전의 화탄과 유사했다.

제영정의 눈가가 파르르 떨렸다.

전력을 다하진 않았지만 철구도 두부처럼 잘라낼 만큼의 힘을 쏟은 공격이었다. 어지간한 고수도 피하기 급급할 만한 공격일진대 손가락 하나를 세워 경력(勁力)의 폭발로 튕겨 내 버렸다.

이는 상대의 공력은 물론 실력 자체가 자신을 훨씬 상회한다는 것을 말해 준다.

말도 안 되는 힘.

"장난 따위 받아 줄 정도로 내 심성은 곱질 못하다. 할 거면 진지하게 덤벼라."

비수처럼 날아가 꽂히는 말투였다. 제영정의 두 눈에 불이 붙었다.

"힘을 되찾았군요."

"……."

"그야말로 통탄할 일입니다. 패륜을 저지른 자가 참회의 눈물을 흘려도 모자랄 판국에 되레 고약한 힘만 되찾았으니, 앞으로 또 얼마나 많은 이들의 가슴에 피눈물을 박아 넣을지 걱정입니다."

파악!

바닥에 거도를 거꾸로 박은 제영정이 양손을 앞으로 내밀었다.

적개심과 기이한 열기로 빛나는 그의 눈과 반대로 그가 내민 두 개의 손은 새하얗게 빛나고 있었다.

왼손이 위로, 오른손은 아래로.

한 무학의 동작이라고 치기에는 다소 엉성한 자세였다.

그러나 제영정의 자세를 본 진조월의 눈에 이채가 서렸다.

"당신의 추악한 목숨은 반드시 내가 거두겠습니다."

뭔가 번쩍, 하는 순간에 이미 제영정의 몸은 진조월의 전면에 도달했다.

무시무시한 기세, 사람의 움직임을 한참이나 초월한 속도였다.

이전과 비교 자체가 불가능한 그의 움직임은 속도만큼의 파괴력을 생산한다.

번개처럼 진조월에게 다가선 제영정의 좌수(左手)가 단전으로, 우수(右手)가 턱으로 향했다.

원체 빠른 공격이었으며 어느 한곳을 희생해야만 목숨을 보전할 수 있을 법한, 진퇴양난의 일초였다.

턱의 공격을 피하면 단전이 파괴되어 잘해야 폐인이 될 것이고, 복부를 피한다면 턱이 부서지거나 심하면 머리통이 박살나게 될 파괴적인 일격.

변칙적인 박자와 재빠른 속도로 상대의 허를 찌르는 살초.

진조월은 이 무공을 너무나도 잘 알고 있었다.

퍼어억!

북을 때리는 듯한 소리가 허공으로 울려 퍼졌다.

이 언덕 밑, 시끌벅적한 거리 전체에 전달될 만큼 큼직한 소리였다.

퇴폐와 향락에 젖은 거리의 사람들은 이 둔중한 소리의 정체를 몰라 어리둥절했지만, 이내 거리는 재차 질펀한 시끄러움을 되찾았다.

덕청의 향락거리를 부서트리기 위해선 산사태 정도는 나서 줘야 해결이 가능할 것이다.

매서운 바람이 저 멀리서부터 다가와 진조월의 옷깃을 펄럭이게 만들었다.

양발이 어깨너비보다 조금 더 넓어지고 무릎은 살짝 굽힌 자세. 동시에 오른 주먹이 붕권(崩拳)의 형상으로 앞을 향한다. 내지른 그의 주먹에서는 새하얀 연기가 피어오르고 있었다.

제영정은 뒤로 멀찍이 날아가 부러진 나무 밑동에서 복부를 움켜쥔 채 한 사발의 피를 토했다.

진조월의 주먹에서 피어오르는 연기가 그의 복부에서도 피어오른다.

연신 밭은기침을 내뱉은 제영정의 시선이 진조월에게로 향했다. 혈기왕성한 청년의 눈동자는 믿을 수 없는 떨림을 보이고 있었다.

진조월의 입이 열렸다.

"네놈 나이에 빙백소수공(氷魄素手功)이 팔성(八成)의 초입이라면 능히 자랑할 만하지."

언덕 자체를 뒤집어엎을 듯한 기세를 뿜어내던 진조월의 분위기는 어느새 잠잠하게 가라앉았다.

"하지만 아직 어려."

피 한 사발을 더 뱉은 제영정은 다시 힘차게 일어섰다.

그러나 미세하게 떨리는 다리와 일순 창백해진 얼굴이, 그의 내상의 깊음을 말해 주고 있었다.

옷으로 가려졌지만 진조월의 주먹에 맞은 그의 복부는 빨갛게 달아올라 있을 것이다.

"일점공권(一點空拳)이군요. 성내에 하급 무사들이나 배울 무학으로 치다니, 어지간히 수치를 안겨 주고 싶나 봅니다."

순간 진조월의 손이 사라졌다.

제영정은 그렇게 느꼈다. 그의 오른팔이 보이지 않았던 것이다.

쾅!

제영정은 이를 악물었다.

보이지도 않고, 설령 보였다 한들 피할 수 있는, 그렇다고 막을 수 있는 일격도 아니었다.

그는 어느새 자신의 발밑에 생겨난 큼직한 구멍을 보며 짙은 패배감에 몸을 떨었다.

이 또한 일점공권을 응용한 격공장(隔空掌)의 권풍(拳風)이었다.

진조월의 표정은 변함이 없었다.

"궁극에 이르면 삭정이로도 무쇠를 가르고, 일도양단(一刀兩斷)의 간단한 동작조차 천고의 절기가 되는 법이다. 재주는 많아졌을지언정 허울만 뒤집어써 몸에 힘만 가득하구나. 무(武)의 기본을

잊은 네놈에게 무예를 익힐 자격이나 있을 것 같으냐?"

이전처럼 파격적인 말로 상대를 분노케 하는 말투가 아니었다. 진조월의 말투는, 어리석은 사제를 훈계하는 사형으로서의 준엄함이 담겨 있었다.

그러나 내용의 진중함과 달리 다소 공격적인 어투라는 것에는 변함이 없겠다.

제영정의 얼굴이 일그러질 대로 일그러졌다.

"닥쳐!"

발작적으로 나아가는 그의 신형은 이전보다 조금 더 빨라져 있었다.

짙은 내상으로 당장 의원에게 몸을 맡겨야 함이 마땅한 몸일진대, 되레 속도가 늘었다. 이는 자신의 내상에 여의치 않고 상대를 죽이겠다는 작정이 아니라면 보일 수 없는 몸놀림이었다.

한순간 부풀린 힘으로 내상은 악화되고, 그의 코와 입에선 피가 터져 나왔다.

그러나 제영정의 손은 정확하게 진조월의 얼굴을 향했다.

서리가 내려앉은 듯 새하얗게 빛나는 손. 주변 온도가 압도적으로 급강하한다. 필사의 공력을 쥐어짠 공격.

사제의 공격을 바라보는 사형의 눈동자 역시 더욱 차가워진다.

"어리석은 놈!"

순간 제영정의 몸이 바닥을 향해 무서운 속도로 곤두박질쳤다.

새하얗게 빛나는 손은 미세한 떨림으로 빛을 소멸시키고, 피에 젖은 코와 입에선 다시 한 번 짙은 피가 터졌다.

"커헉!"

마치 거대한 바위가 몸을 짓누르는 듯한 중압감에 제영정은 정신을 차리기 힘들었다.

아무도 움직이지 않았지만, 그는 맨몸으로 바닥에서 허우적대야만 했다. 당장이라도 척추가 부러질 것만 같다.

진조월은 그저 바닥을 향해 손바닥을 눌렀을 뿐 어떠한 동작도 행하지 않았다.

그러나 그 단순한 동작으로 제영정이 제압되었다.

가격하지 않은 상태에서 기세의 발현만으로 상대의 움직임을 봉한 것이다.

'이, 이게 뭐지?'

믿을 수 없는 상황이었다.

제영정의 눈이 찢어질 듯 커졌다.

그는 비록 나이를 많이 먹진 않았지만, 살아생전 이런 무공이 있다는 소리는 들은 적도, 본 적도 없었다.

허공에서 손바닥을 아래로 내리눌렀는데 자신의 몸이 바닥으로 곤두박질친다. 말도 안 되는 일이었다.

무시무시한 압박감에 눈조차 뜨기 힘든 상황에서 제영정은 겨우 입을 열었다.

"무, 무슨 사술이냐!"

"스스로 이해하지 못하는 영역을 싸잡아 매도하는 버릇은 여전하구나."

진조월은 엎어져 손가락 하나 까딱하지 못하는 제영정과 시선을 맞추기 위해 앉았다.

어느새 허공을 가로지른 시커먼 새 한 마리가 그의 어깨에 내려앉았다.

일반 까마귀보다 더 큰 몸, 파랗게 빛나는 작은 동공, 강철과도 같은 부리와 발톱이 어둠 속에서도 환하게 보인다.

영물(靈物)이라기보다 마물(魔物)에 가까운 요사함이 까마귀에게 있었다.

제영정의 눈에 언뜻 공포가 어렸다.

"오왕……!"

까마귀 왕이 처마 밑에 앉는 순간 그곳 일대에 있는 이들의 목숨은 이미 명부전(冥府殿)에 들어섬이라.

저주를 몰고 다니는 괴악함의 대명사.

허공을 날아다니며 피와 죽음만을 낳는 새의 모습을 한 요괴.

"너 혼자만 절강에 들어설 리는 없을 터, 적어도 부대 하나는 몰고 왔으리라 생각한다. 그도 아니라면 너와 비교할 수 없는 고수가 붙었겠지. 그들은 어디에 있지?"

"……"

"다시 한 번 묻겠다. 함께 온 이들은 어디에 있느냐."

제영정은 한 번 피를 토하고 입을 열었다.

"나는 혼자 이곳에 왔다. 지레짐작으로 내 심중

을 흔들 생각 따위는 버리는 게 좋을 거다!"

"넌 옛날부터 거짓말이 서툴렀지. 거짓을 꾸미려면 그 훤히 보이는 눈빛부터 속여라. 나는 시간을 낭비하고 싶지 않아. 계속 시치미를 뗄 셈이라면 험한 꼴을 보게 될 거다."

제영정의 눈에 핏발이 섰다.

그는 다른 걸 떠나 이 상황을 믿을 수 없었다.

자신의 믿음을 배신하고 성내 모든 무인들의 희망을 짓밟은 배덕자를 처치하기 위해 각고의 노력을 해 왔다. 잠잘 시간을 줄이고, 뼈가 부러져도, 피를 쏟아도, 멈추지 않고 고행을 거듭했다.

강해지기 위해서 말 그대로 발악에 발악을 거듭했던 지난날들.

천하에서 내로라하는 실력은 아닐지라도, 어지간한 고수 정도는 손짓 한 번에 무릎을 꿇리게 만들 자신이 생겼다.

어느 정도 자신의 무력에 믿음이 갈 무렵, 마치 기다렸다는 듯이 나타난 악연은 조용한 손짓으로 그들을 불러냈다.

편히 죽어선 안 될 사문의 패륜아.

한때 누구보다 존경했고, 설령 죽으라 하면 그

자리에서 칼을 빼물 정도의 믿음을 주었던 남자의 목숨을, 제영정은 자신의 손으로 끊어 주리라 다짐했다.

한데 삼 년 만에 만난 사문의 배덕자는 소실되었던 무학을 거뜬히 재건함은 물론이거니와, 지난날보다 한층 강해진 면모로 앞을 가로막는다. 그를 죽이는 건 고사하고 건드리지조차 못한 스스로가 제영정은 수치스러웠다.

"차라리 죽여라!"

"말해라."

"죽여!"

"말해."

끝이 보이지 않는 공방전이었다.

한때 사형제였던 두 사람, 그러나 이제는 끝나 버린 끈끈한 관계는 실로 고약한 상황을 연출한다.

진조월의 눈이 갈수록 차가워졌다.

"어차피 너와 네 일당들은 내게 다시 오겠지. 나 또한 원하는 바이니 상관은 없으나 난 누구를 기다리는 성미가 못돼. 너 역시 그들이 하루빨리 나와 조우하기를 바랄 터, 고집 부려 봐야 네놈의 무능이 부각되고 아무짝에 쓸데없는 자존심만 찢어질 거다. 말해라. 놈들은 어디에 있나."

"내 대답은 죽이라는 것뿐이다."

초지일관 같은 태도였다. 진조월은 가만히 제영정을 바라보다가 이내 몸을 세웠다.

"그렇게 죽고 싶으냐."

"죽여라!"

"좋다. 그리도 죽고 싶다면, 내 과거의 연을 생각해 고통 따위 주지 않고 저승으로 보내 주겠다."

냉혹한 주먹이 살짝 올라갔다.

주먹이 기이한 진동으로 떨려 왔다. 바위조차 단박에 박살 낼 듯한 내력이 그 짧은 시간에 주먹으로 모인 것이다.

제영정의 눈이 질끈 감겼다.

순간 진조월의 귀가 쫑긋했다.

저 멀리, 평범한 사람이라면 들을 수 없는 거리에서 다가오는 미지의 발걸음이 포착된다.

그는 제영정을 한 번 쏘아본 뒤, 그의 후방으로 돌아가 이곳으로 다가오는 그들을 기다렸다. 생각보다 훨씬 빠르다.

제영정이 참지 못하고 먼저 도달했던 모양이다.

스르릉.

부러진 철검이 뽑혔다.

볼품없는 검.

반으로 뚝 잘린 주제에 애초에 좋은 검도 아닌 철검이다. 그러나 진조월의 손에 들리자 파검은 그 자체만으로도 오묘한 광채를 내고 있었다.

그는 슬쩍 제영정을 쳐다보며 말했다.

"무엇이 옳고 그른지를 파악할 수 있는 안목이 있음에도 부서질 대로 부서져 한 점 쓰일 곳 없는 것에 맹신하여 바보를 자처하는 네놈에게 미래는 없다. 앞으로 나아가고 싶다면 그 쓸데없는 자존심으로 막을 쳐 놓은 눈부터 걷어 내야 할 것이다."

"패륜을 저지른 배덕자의 말을 들을 것 같으냐!"

"당장에야 널 죽이고 싶지 않으니 손은 거두겠다. 다만 명심해라. 강호를 살아가면서 가장 중요한 것은 천하를 오시하는 무공도, 천하일세를 자랑하는 배경도 아니다. 바로 자신의 눈으로 보지 못한 것은 일단 의심부터 해야 하는 고약성이다.

참고하라."

제영정의 눈동자가 거세게 흔들렸다.

무슨 뜻으로 이런 말을 하는 것인지 알 수 없었
다.

그는 억지로 고개를 돌리다가 이내 풀썩 쓰러졌
다. 내상의 엄중함을 이겨 내지 못한 것이다.

제영정을 힐끔 쳐다보는 진조월의 눈에 언뜻 안
타까움이 맴돌았다.

그러나 그러한 안타까움도 금세 차가운 얼음으
로 되돌아갔다.

사라락.

저 멀리 달나라에서 인세를 구경코자 내려온 선
인들처럼 가벼운 동작으로 바닥에 내려선 이들이
있었다.

선두의 일남일녀(一男一女)와 그 뒤에 선 십여
명의 무인들.

보이지 않은 저 먼 곳에서 달려왔음에도 옷자락
하나 펄럭이는 소리가 나지 않았다. 진기의 수발
이 자유로운 고수라는 뜻.

그중 남자는 붉은 털옷으로 멋스럽게 치장한 중
년인이었는데, 키가 무려 팔 척에 달할 정도로 컸

다. 사방으로 뻗친 수염과 부리부리한 눈은 이전 호상객잔에서 망신을 당한 염권가의 수석조교 정팔상보다 더욱 매서웠다.

그 옆에 여인은 이제 스물이 조금 넘은 듯한 여인으로 청색의 무복을 입은 독특한 분위기의 미녀였다. 어깨에는 기다란 상자를 메고 있었는데 상자 위로 삐죽 튀어나온 네 자루의 손잡이는 분명 검이었다.

금강역사와도 같은 중년인 그리고 네 자루의 검을 멘 이십대 초반의 미녀.

여인의 눈이 붉게 빛났다.

"진조월!"

한참이나 어린 여인의 외침이었지만 진조월의 표정은 여전히 변함없었다.

다만 눈빛이 더욱 차가워졌다는 것뿐, 그 이상의 변화가 없다. 그는 희로애락이 없는 사람 같았다.

"여설옥(麗雪玉)."

철혈성주의 여섯 제자들 중 넷째로 제영정의 사저가 되는 이가 여설옥이었다.

철혈성주가 직접 뽑은 제자로 실력이야 말할 나

위가 없을 터. 비록 강호로 나온 적이 별로 없지만 그녀의 실력은 능히 남북십걸에 준할 것이다.

여설옥이 분노 어린 눈으로 진조월을 보다가 이내 쓰러진 제영정에게 닿았다.

그녀의 눈꺼풀이 파르르 떨렸다.

"사제는 죽은 것이냐!"

"너희들뿐이냐?"

"사제를 죽였냐고 물었다!"

"너희들뿐이냐고 물었다."

서로 답변을 내놓을 생각이 없었다.

또한 진조월의 입장에서는 그녀와 할 말이 없었고, 말다툼할 생각은 더더욱 없었다. 그의 시선은 그녀가 아니라 그녀의 뒤를 따라온 덩치 큰 중년인과 열 명의 무인들이었다.

제영정을 보았을 때도, 여설옥을 보았을 때 역시 조금 더 차가워졌던 진조월이었다. 그러나 그들을 봤을 때 그는 단순히 달라지는 것에 끝나지 않았다.

차갑고 말고의 문제가 아니었다.

사아아아악!

순간 수천 자루의 창날이 화살처럼 쏘아지는 듯

했다.

여설옥과 뒤를 따랐던 무인들이 움찔했고, 곧이어 안색이 하얗게 질려졌다.

진조월의 몸 주위로 기이한 아지랑이가 생기는 듯했다.

공간이 일그러지는 착각이 들 정도로 뭔가가 뻗어 나온다. 기량 좋은 무인들의 안색을 질리게 만들 만큼의 지독한 '그것'은 바로 살기라는 이름의 기세였다.

달은 겁에 질려 구름을 이불처럼 덮고, 주변에서 잠을 청하던 새들이 일제히 날아오름과 동시에 바닥에 쌓인 눈은 무서운 포식자를 본 초식동물처럼 이리저리 흩어지며 도망쳤다.

파검을 손에 쥔 진조월이 살기를 품자 영역 안의 세상이 달라졌다. 마치 공간이 비틀어진 것 같았다.

가히 초월적인 살기를 접한 진조월 때문에 그토록 멀리 떨어졌던 저자의 사람들도 까닭 모를 한기에 주저앉아야만 했다.

멀리 떨어진 사람들도 그러할진대 바로 앞에서 살기와 마주한 그들의 심정은 오죽할까.

아무리 무인이라지만 참을 수가 없는 기세.

사나운 기세를 뿜는 이가 있다면 본능적으로 병기부터 꺼낼 터인데, 그 기세라는 게 받아들일 수준 자체를 넘어서면 손가락 하나 까딱할 수 없는 법이다.

그들이 그러했다.

다만 덩치 큰 중년인만이 이를 악물며 자세를 잡았다. 그것으로 보아 나타난 이들 중 가장 무력이 고강한 이는 중년인일 터.

진조월의 파검이 중년인을 향했다.

그는 이 덩치 큰 중년인을 알고 있었다.

너무나 잘 알고 있었다.

몇 년이 지났지만 절대로 잊을 수 없는 얼굴이기도 했다.

"하하! 이것도 다 운명이 아니겠소? 추한 목숨 그만 유지하고 이만 저승길로 가시길 바라오."

"고약한 사람이군. 얼마나 더 이들을 고신(拷訊)해야 순순히 털어놓으시겠소?"

"잡아! 저 새끼 잡으란 말이야!"

"날 원망하지 마시구려. 이미 그대는 잊힌 사람에 불

과하오."

　과거의 기억들이 진조월의 머리를 뒤흔들었다.

　그럴수록 그의 살기도 짙어져만 갔다.

　무공의 높낮이의 문제가 아니었다. 정신력의 문제고, 감정의 문제였다.

　쓸데없이 낭비하기 싫어 꼭꼭 눌러두었던 살기가 터지자 이건 도무지 감당할 수 없는 폭풍이 되어 주변을 휩쓸게 되었다.

　"경인태(景仁泰)."

　철혈성 휘하 무력조직 중 철사자조(鐵獅子組) 삼조장을 맡고 있는 강자.

　철사자조 총조장이 신임하는 무인 중 한 명이자 철혈성에서도 인기가 높은 절정의 권법가.

　경인태는 살짝 떨리는 눈썹을 겨우 참아 낸 뒤 입을 열었다.

　그 덩치와 같이 우락부락한 음성이었다.

　"설마 했는데 살아 있었단 말인가? 더군다나 용케도 이전의 힘을……!"

　진조월이 살짝 웃었다.

　만년설과도 비교할 수 없는 차가운 미소였다.

"죽일 놈들이 너무 많아서 사자(使者)가 돌려보내더군."

"무엄한!"

"우리 사이에 말이 좀 많았군. 일단 너를 필두로 철사자조부터 천천히 지옥에 처박아 주겠다."

스산한 한기가 사방으로 뻗치는 순간이었다.

저 높은 나무 위에 앉은 커다란 까마귀만이 이 추악한 살기로 물든 무인들을 내려다볼 뿐이었다.

3.
오왕기담(烏王奇談)(3)

"진조월!"

날카로운 음성은 여설옥의 입에서 튀어나왔다.

그녀는 태산처럼 어깨를 누르는 살기에 겨우 대항하며 한때 사형이었던 자를 바라보았다.

차갑고도 차가운 눈이었다. 여설옥은 이를 악물었다.

"적반하장이라더니, 사문의 배덕자가 무에 그리 떳떳하다고 검을 겨누는 것이냐! 당장 파검을 버리고 투항하라!"

여인답지 않게 근엄한 일성이었다.

숨길 수 없는 떨림이 있었지만, 그것만으로도

능히 대단하다 할 수 있겠다. 당금 진조월의 초월
적인 살기를 받고도 멀쩡히 입을 열 수 있는 사람
이 얼마나 되겠는가.

그러나 그녀는 애초에 입을 열면 안 되었다.

여설옥은 눈앞에서 뭔가 번쩍 하는 느낌을 받았
다.

아차, 하는 순간 진조월의 왼손이 그녀의 목줄
을 움켜쥐고 올라갔다. 말 그대로 순식간에 일어
난 일이었다.

그녀는 반항해야 한다고 생각했다.

하지만 몸이 움직이질 않았다. 혈도(穴道)가 짚
였다거나 팔다리가 잘린 것도 아니거늘 손가락 하
나 까딱할 수 없었다.

사람을 강제적으로 움직일 수 없게 하는 원초적
감정.

공포.

여설옥을 눈앞으로 내린 진조월이 그녀의 두 눈
을 쳐다보았다.

서로의 숨결이 느껴질 정도의 거리, 그녀는 눈
이 파열될 것 같은 위기감 때문에 질끈 감아 버렸
다. 도저히 마주할 수가 없었다.

눈이 터지고 뇌가 곤죽이 될 것 같은 공포의 마안(魔眼)이 여설옥의 눈꺼풀을 당장이라도 헤집을 듯했다.

"패륜아니 배덕자니 네 맘대로 지껄여라. 하나 적어도 지금은 날 자극하지 마. 아무리 사형제지간이라도 죽인다."

지옥의 거하는 모든 악귀들이 단체로 속삭이는 것 같았다.

진조월은 볼 것도 없다는 듯 그녀를 뒤로 던져 버렸다.

여린 그녀의 몸이 제영정의 곁으로 풀썩 쓰러졌다.

무공의 조예가 깊은 그녀였지만, 착지조차 제대로 하지 못했다.

사제의 옆에 쓰러진 여설옥의 몸은 누가 봐도 알 수 있을 만큼 거칠게 떨리고 있었다.

이윽고 그녀는 와락 피를 토하고 정신을 잃었다.

심맥에 타격을 줄 정도로 살기가 지독했기 때문이리라.

경인태는 이를 악물며 외쳤다.

"삼조는 철사자소진(鐵獅子小陣)을⋯⋯!"

그의 말이 끝나기도 전이었다.

진조월이 서 있던 땅이 포탄이 터진 것 마냥 터져 버렸다.

동시에 그의 모습이 사라졌다.

그리고 들리는 섬뜩한 하나의 소리.

서걱.

"크아아악!"

참혹한 비명이 흩날리는 설화(雪花)를 따라 허공에 메아리쳤다.

경인태가 반사적으로 뒤를 돌아보았다.

참혹했다.

뭔가 잘리는 듯한 한 번의 소리 후에 드러난 참상은 눈으로 보고도 믿을 수 없었다.

철사자 삼조의 조원들, 그들의 두 다리가 전부 무릎 아래에서 잘려 나간 것이다.

피가 분수처럼 터지며 눈 덮인 땅을 붉게 물들였다.

그 한가운데에 진조월이 서 있었다.

고철덩이처럼 볼품없던 그의 파검이 한차례 냉혹한 귀기를 발했다.

서걱.

어떻게 휘둘려졌는지도 모른다.

다시 열 명의 조원들의 양팔이 잘려 나갔다.

한 번에 자른다 해도 스무 번의 칼질은 해야 하거늘 경인태의 눈에 보인 진조월의 검술 동작은 단 한 번뿐이었다.

조원들의 참혹한 비명을 들으며 경인태는 깨달았다.

'강하다.'

상대는 자신이 감당할 수 없는 존재였다.

이전의, 아니 이전보다 훨씬 치명적인 힘을 품고 나타난 월광의 사신이었다.

열 명의 팔다리를 모조리 잘라 냈음에도 안색의 변화라고는 눈곱만큼도 없었다.

살기는 바다처럼 흐르고, 차갑게 미소 짓는 그의 입가에 하얀 이빨이 드러났다.

진조월이 발길에 차이는 조원 하나의 머리를 부드럽게 밟았다.

우드득 소리와 함께 조원의 머리가 박살 나며 피와 뇌수, 뼛조각과 터진 눈알이 범벅되어 대지를 더럽혔다.

이십여 년간 강호를 종횡했던 경인태로서도 처음 보는 끔찍한 광경이었다.

그의 안색이 하얗게 질려 갔다.

"이깟 것들 데려오면 내 발목이라도 잡을 수 있을 것 같았나? 아니면 내가 힘을 소실한 채로 세상에 나온 줄 알았나? 그도 아니라면 내 유희거리를 걱정한 건가?"

"이…… 이 참혹한!"

"그리운 단어로군. 어디 한 번 진짜 '참혹'한 게 뭔지 함께 보도록 하지."

"이노옴!"

말할 수 없는 공포에 경인태의 주먹이 움직였다.

확실히 그는 뛰어난 데가 있었다.

어지간한 고수라도 미쳐 버릴 만한 끔찍한 살기를 대하고도 그는 움직이고 있었다.

그 하나만으로도 능히 무력의 대단함을 인정받을 수 있으리라.

하지만 상대가 너무 나빴다.

사각.

"큭!"

주먹을 쥐고 있었는데 놀랍게도 우측 엄지가 잘려 나갔다.

목표로 했던 진조월의 신형은 이미 그의 뒤로 돌아간 이후였다.

"빌어먹을!"

사각.

이번에는 그의 검지가 잘려 나갔다.

믿을 수 없는 광경이었다.

주먹을 쥐었는데도 손가락 하나만 정확하게 잘려 나간다.

상식적으로 이해할 수 있는 부분이 아니었다.

사람은 이해할 수 없는 광경을 보게 되면 공포를 느낀다.

경인태가 그러했다. 이것은 진조월이 일으킨 살기와는 또 다른 종류의 공포였다.

그는 다시 깨달았다.

진조월은 지금 자신을 천천히 가지고 노는 중이라는 것을.

손가락부터 하나씩 잘라 내고, 나중에는 발가락을 자를 것이다. 모두 잘리면 포를 떠서 소금에 저밀 터, 죽지도 살지도 못하게 만들 작정인 게 분명했다.

그런 후에는 눈을 뽑고 고막을 터트리고 코를 막아, 완벽한 어둠 속에서 미칠 때까지 놔둘 것이다.

철사자조가 죄인을 포박한 뒤 원하는 정보를 얻기 위해 고문하는 수법과 똑같았다.

과거의 '그들' 에게 행했던 고문 수법이기도 했다.

진조월의 눈에 새겨진 한기(寒氣)는 살기를 넘어 광기(狂氣)마저 품고 있었다.

"겨울밤은 길어서 좋군. 시간 많은데 서두르지 말게나."

헐떡이는 경인태의 눈에 진조월이 쥐고 있는 파검이 보였다. 괴물처럼 빨아들인 내공으로 인해 오묘한 광채를 내고 있는 파검이.

공포의 무구. 악덕으로 얼룩진 괴력난신(怪力亂神)의 혼.

수천의 피를 먹고 제 스스로 영성이 트여버린 마검(魔劍)이자 사검(死劍).

'파검……!'

경인태는 이 순간, 자신이 저질렀던 일을 진심

으로 후회했다.

"으아아아!"

* * *

남궁소소가 고개를 숙였다.

"그럼 숙부님. 다시 뵐 때까지 건강하세요."

"오냐. 덤벙대지 말고 잘 들렀다가 가거라."

며칠 더 보낼 수도 있지만 당무환 역시 맡은 일이 있을 것이다.

도움이 될 수 있다면 모르되 계속 옆에서 지내는 것도 폐가 될 것이다. 남궁소소는 아쉬움에 한마디 더했다.

"한번 본가에 들러 주세요. 기다리는 분이 많습니다."

당무환이 호탕하게 웃었다.

"푸헐, 이놈아. 품위라고는 약에 쓰래도 없는 몸이거늘 딱딱하게 각 잡힌 곳에 가서 위엄이나 손상시키지 뭐하겠느냐? 쓸데없는 소리 그만하고 나서거라. 내, 질녀 덕분에 하루 잘 놀았느니라."

"하면 돌아가는 길에 한 번 더 들르겠습니다."

"오냐. 네 오라비랑 같이 들러라. 그때도 다 같이 술이나 한잔하자. 네 주량이 괴물 같다는 걸 알았으니 이번엔 각오하고 모아 놓겠다."

남궁소소는 미소를 지으며 자리를 떴다.

흔들림 없는 걸음으로 산을 내려가는 그녀를 보며 당무환은 털털한 웃음을 지었다.

젊은이들의 성장은 나이 든 이에게 언제나 기쁨을 주는 법이다. 세월의 무상함만 느끼기에는 그도 벌써 오십이 넘었다.

하루 만에 반가운 손님 하나와 마냥 반갑지만은 않은 손님까지 나타났다.

마치 기분 좋은 폭풍이 나타났다가 사라진 느낌.

바닥에 깔린 눈은 잠잠해도 그들이 남기고 간 흔적만은 당무환의 마음 깊은 곳에 스며들었다.

"다시 시작해 볼까."

어깨를 빙빙 돌리며 대장간으로 향한 당무환은 문득 저 멀리서 정체불명의 뭔가가 날아오는 소리를 들었다.

날카롭기도 하고 웅장하기도 하다.

바람을 가르는 소리가 놀랍도록 경쾌했다.

세상을 향해 창공의 제왕임을 알리는 맹금의 울림이 당무환의 귀를 어지럽혔다.

순식간에 가까워진 매 한 마리는 날개를 파닥거리며 당무환의 어깨에 앉았다.

익숙한 듯했다.

정작 매의 종착지로 어깨를 내준 당무환의 표정은 좋지가 않았다.

"천리신응(千里神鷹)?"

오지 않기를 바랐던, 혹시나 했지만 아니라고 부정하고 싶었던 일들.

영물이라 하기에 부족하나, 한순간 천 리를 난다는 이 창공의 제왕은 당무환 입장에서 마냥 마주하기에 싫은 일이었다.

미약한 한숨과 함께 그는 천리신응의 발목에 말린 종이를 보았다.

불길한 기분이 든다.

제왕의 발목에서 돌돌 말린 종이를 편 당무환. 그의 눈이 무섭도록 깊어졌다.

"……기가 막히는군."

재차 나직이 무거운 한숨을 쉰 그가 종이를 손

가락으로 비볐다.

괴이한 마찰로 인해 불이 붙은 종이가 삽시간에 재로 변해 사라졌다. 그는 허리춤에 매달아 놓은 황색의 천을 작게 찢어 매의 다리에 달아 주었다. 그러곤 팔뚝에 앉은 매를 높이 던진다.

새로이 할 일이 있다는 듯 하늘 높이 떠오른 매가 다시 햇살 너머로 빠르게 사라졌다.

햇살을 받아 반짝이는 황색의 천에는 네 개의 글자가 아주 작게 새겨졌다.

집왕(集王) 항주(杭州) 완(完)

"철혈성……. 드디어 그 무거운 엉덩이를 드는 가? 한바탕 태풍이 불겠구먼."

소규모 국지전을 작은 미풍이라 한다면 지금의 바람은 가히 광풍(狂風)이라 불릴 정도의 사건이 되리라. 문제는 그 광풍을 가만히 두고 볼 수 없는 자신의 입장이며 정기였다.

'나는 어디로 올라서서 균형을 맞추어야 하는 가.'

재차 한숨을 쉰 그가 향한 곳은 대장간이 아니라 모옥이었다.

그리고 정확하게 일각 후.

두터운 장포자락으로 갈아입은 그가 산을 내려갔다.

대장장이 특유의 복장이 아닌, 세상을 진동케 했던 전설로써의 복장.

그의 발걸음은 조금 전 남궁소소가 내려섰던 그곳을 향하고 있었다.

"이놈 소소야! 같이 가자!"

우렁찬 목소리가 막간산을 기분 좋게 울렸다.

육 년 전, 단 보름 만에 종결되어버린 전쟁.

하여 만월지란(滿月之亂)이라고도 불리는 칠왕(七王)의 난이 있었다.

그 전란의 주역이었던 당무환을 필두로 세상에 숨어 있었던 나머지 왕들이 마침내 세상으로 나오려 하고 있었다.

십절신수(十絶神手) 당가성화(唐家聖火)

화왕(火王) 당무환 강호출도(江湖出道).

칠왕지란의 주역이었던 일곱의 왕들 중 죽은 두 명을 제외한 다섯 명의 왕이 세상으로 나섰다.

가장 처음 나선 한 명의 왕이 아닌 나머지 네 명의 왕.

당무환과 백성곡, 임가연과 단기중은 각자의 생업과 인연들을 접어 두고 다시금 강호의 소용돌이로 발을 내딛는다.

그들이 집결해야 하는 곳.

바로 절강성 항주였다.

*　　*　　*

제영정의 눈이 파르르 떨리더니 천천히 뜨였다.

그는 복부 전체로 퍼진 고통에 발작적으로 손을 가져다 댔다.

칼에 베였다거나 창에 찔린 것은 아니었지만, 절로 고개가 숙여질 정도로 고통은 심했다.

그러나 그는 기어이 통증을 무시하고 일어났다.

문득 옆을 보니 여설옥 역시 누워 있었다.

창백한 안색이었지만 고른 호흡을 유지하고 있
다. 제영정의 눈에 복잡한 심경이 묻어 나왔다.

그의 머리로 빠른 전개가 찾아들었다.

'내가 쓰러진 사이 당했나 보구나.'

그는 주먹을 꾹 쥐었다.

육체의 고통을 무시할 정도로 그의 심란함은 남
달랐다.

여설옥이 당했다면 철사자 삼조 역시 당했다고
생각해야 옳다.

보아하니 아무런 상처도 없었는데, 말인 즉, 외
상을 주지도 않고 쓰러트렸다는 것이리라.

여설옥 정도의 고수를 그토록 깔끔하게 쓰러트
렸다면 진조월의 무위는 정녕 까마득한 경지에 있
다고 생각해야 한다.

'한 번에 덤볐다면……?'

그래도 별 수 없었을 것이다.

추측컨대 진조월의 무학은 이미 대사형의 그것
에 육박하는 듯했다.

그 정도였다면 스스로 자살을 하지 않는 이상

이쪽에서도 승산이 없었을 터.

제영정은 주먹을 풀었다.

심란했지만 그건 그거고 이건 이거다. 이곳이 일단 어디이며 자신을 치료해 준 사람은 또 누구인지 파악하는 게 우선이었다.

그때였다.

끼익 하는 소리와 함께 문이 열렸다.

제영정의 시선이 그곳으로 향했다.

그의 눈이 찢어질 듯 커졌다.

들어온 사람은 다른 누구도 아닌 진조월이었다.

충격에 제영정의 입이 뻐끔댈 때 진조월 역시 아무런 말도 하지 않고 의자를 끌어와 침상 옆에 대고 털썩 앉았다.

가만히 팔짱을 낀 채 무뚝뚝한 눈으로 제영정을 바라보는 진조월에게서는 어떤 말도 못할 분위기가 가득했다.

충격에서 정신을 차리자 제영정의 얼굴이 시뻘겋게 달아올랐다.

"이 배덕자!"

"조용해라. 사매의 상세에 좋지 않을 것이다."

부들부들 떤 제영정이 고개를 휙 돌려 버렸다.

상황을 판단컨대 당장 제대로 움직이지 못하는
몸이다. 주먹을 날려도 일수에 제압을 당할 것이
고, 도망치려 해도 진조월의 영역에서 달아날 가
능성은 한없이 무(無)에 가깝다.

대화를 원하는 듯하니 조용히 보내 줄 리도 만
무하며 이대로 달아나는 것도 자존심 상하는 일이
었다. 변함없이 차가운 시선으로 제영정을 바라본
진조월이 입을 열었다.

묵직하고 차가운 음성이었다.

"철사자조 나머지는 어디에 있나. 성내에 주둔
했나?"

"뭐, 뭐?"

흠칫 하는 제영정의 반응에 진조월은 철사자조
의 모든 병력이 이미 강호로 나왔다는 걸 깨달았
다.

비록 철혈성의 광대한 힘을 보자면 일부에 불과
한 무력이었지만, 삼조를 제외한 나머지 조들만
합쳐도 어지간한 대문파 하나는 가볍게 쓸어버릴
전력이었다.

이것만 확인해도 되었다. 굳이 더 들어 봤자 머

리만 아플 뿐이고, 철사자조의 전력이 어디에 분포했는지 제영정을 절대 말하지 않을 것이다.

진조월은 의자를 밀어내고 일어섰다.

"내상의 악화를 막고 명강단(明降丹)을 섭취시켰다. 보름 정도 정양하면 움직일 만할 것이다."

그 말을 끝으로 그는 일체의 궁금함도 없다는 듯 휙 몸을 돌렸다.

제영정의 눈가가 파르르 떨렸다.

이대로 이 만남은 끝나는 것인가?

사로잡지도 못하고 하물며 죽이지도 못한 사문의 배덕자가 앞에 있다.

수많은 이들의 믿음을 저버리고 패악한 짓을 일삼아 철혈성의 공적이 되어 버린 악귀가 버젓이 눈앞에서 돌아다니고 있는 것이다.

제영정이 발작적으로 입을 열었다.

"왜 우리를 살려 주었지?"

문을 열고 나가려던 진조월이 잠깐 멈칫했다. 하지만 이내 아무렇지도 않게 나가 버렸다.

끼이익 하는 소리가 유난히 크게 울렸다.

제영정의 표정이 멍해졌다.

나가기 전 진조월이 중얼거린 한마디는 도저히
믿을 수도 그렇다고 기분이 좋지도 않은 내용의
말이었다.
　마음이 심란했다.

　"사형제니까."

4.
오왕집결(五王集結)(1)

검 한 자루만 허리에 찬 채로 오솔길을 걷는 진
조월은 잠시 하늘을 바라보았다.

휘영청 뜬 달은 어제와 달리 구름 속으로 숨어
버렸다.

쌀랑한 바람이 옷깃을 스치고 지나가자 이미 한
서불침(寒暑不侵)의 경지를 넘어선 무력임에도
몸에 소름이 돋았다.

진조월의 차가운 눈동자에 언뜻 안타까움이 배
어 나왔다.

'제영정. 여설옥.'

참으로 오랜만에 만난 사형제지간이었다.

어릴 적 누구보다도 자신을 따랐던 사매와 사제.

그들이 힘들어 할 때는 당과를 사서 나눠 먹고, 잠이 오지 않는다 할 때는 팔베개를 해 주며 요괴들의 이야기와, 낭만적인 강호의 이야기로 편안케 해 주었다.

피를 나누지 않았지만, 누구보다도 사랑했던 두 사람.

그런 사매와 사제를 삼 년 만에 만났다.

그 만남은 결코 아름답지도 친근하지도 못했다.

자신을 바라보는 싸늘했던 눈동자.

사문의 배덕자라며 외쳤던 그들의 목소리엔 배신에 대한 서글픔과, 배덕자에 대한 살기만이 가득했다. 그것이 진조월의 가슴을 아프게 하였다.

차마 자신의 손으로 둘을 죽일 수도 없었다.

아무것도 모르는 아이들이었다. 설령 모든 걸 안다 하더라도 어찌 천륜으로 맺어진 사형제지간에 검을 들 수 있겠는가. 차라리 죽었으면 죽었지 둘을 죽일 자신이 없었다.

자신도 모르게 꾹 쥔 주먹이 파르르 떨렸다.

진조월은 입술을 깨물었다.

'독해져야 한다.'

누구보다도 독해져야 했다.

상대는 어느 한 개인도 아니고 그렇다고 어중간한 무력을 뽐내며 한 성의 패주 자리를 차지한 문파도 아니었다.

천하제일세.

드넓은 대륙에서 감히 제일이라 칭송을 받는 거대 단체. 불과 오십여 년 만에 대륙의 최강자라는 구대문파조차 짓눌러 버린, 무서운 속도로 힘을 키운 괴물들의 집단이었다.

과거의 정으로 안타까워했던 그의 눈동자에 어느 순간 강렬한 살의가 깃들었다.

'모조리 부숴 주마.'

그러나 혼자의 힘만으로는 분명 무리가 있을 것이다.

그는 아주 잠시 과거를 회상했다.

"대장님. 무슨 술을 그리 마십니까?"

"심란해서 그러네. 자네도 한잔할 텐가?"

"난 됐습니다. 칼질을 워낙 많이 했더니 그냥 뻗어버리고 싶은 마음입니다."

"그럼 잠시라도 자지 왜 여기까지 왔는가?"

"그야 혼자 궁상떨 게 뻔한 우리 대장 말벗이나 해 주려고 왔지요. 그러고 보니 참, 세상에 나만한 수하가 또 없습니다. 그렇지 않습니까?"

"얼굴색 하나 변하지 않는 걸 보니 자네도 어지간하네."

"……대장님."

"왜?"

"방금 전에 씻으려고 갔다가 좀 불쾌한 말을 들었습니다."

"뭐가 그리 불쾌하던가?"

"병사들 사이에서 우리를 야차라고 부릅디다. 우리를 이끄는 대장님을 야차왕이라나 뭐라나. 옛날에는 사영귀니, 사신이니 하던 게 그나마 격조 있어 보이네요."

"……그런가."

"씁쓸하더군요."

"되었다. 어차피 우리가 아니었다면 다른 이들에게 돌아갔을 악명이다. 성의 앞날을 위해서 오물을 뒤집어쓴 것이니 난 기분이 나쁘지만은 않다."

"정말 그렇습니까?"

진조월은 어색했지만 웃을 수 있었다.

차가운 철면이었으나 과거의 회상은 얼음처럼 딱딱한 그에게 미소를 돌려 줄 수 있는 일종의 처방전이니까.

그러나 어떤 과거인지에 따라 미소가 되었던 추억도 울음으로 변할 독약이 된다.

가만히 미소를 지었던 그의 얼굴이 어느 순간 살짝 일그러졌다.

"대장님! 대장님! 대장! 이 씨발 대장, 개새끼야! 죽지 마!"

"……엽이 자넨가."

"정신이 좀 듭니까? 어서 이거 먹어요!"

"말이 많이 거칠어졌구먼."

"씨발, 다 죽게 됐는데 그게 무슨 상관이야! 어서 처먹기나 해!"

"귀한 철신단(鐵神丹) 아닌가…… 자네가 먹게. 난 이미 끝났어. 날 버리고 먼저 도망쳐야……."

"미친놈아! 죽어도 동료를 포기하지 말라고 말한 게 너잖아! 잔말 말고 빨리 안 처먹어?! 크흐흑."

"……울지 말게."

"안 울어! 안 울어, 개새끼야! 그러니까 좀 먹어! 어서 먹고 같이 도망쳐야…… 커헉!"

"엽아……?"

"……."

"엽아!"

"……."

"정신 차려! 엽아, 엽아!"

투명하리만치 차갑던 진조월의 눈가에 짙은 습막이 어렸다.

그러나 그는 기어코 눈물을 흘리지 않았다.

눈물은, 그들의 한을 모두 풀어낼 때 흘려도 늦지 않을 것이다. 모든 걸 마치고 난 후 그들의 무덤 앞에서 울 것이다.

바닥에 쌓인 눈이 바람 앞에 흔들리지 않고 더욱 단단하게 굳어졌다. 한풍과 설화는 땅으로 내릴 때 함께하지만, 먼저 간 동료를 흔들어 주지 못했다.

그렇게 얼마나 걸었을까.

오솔길이 끝나고 저 멀리 도시의 비경이 진조월의 눈에 가득 찼다.

새벽은 아니라지만 이 늦은 밤에 수많은 불빛이 서로를 뽐내고 있었다.

　별빛보다도 많지만 아름답지만은 않은 불빛들.

　어쩐지 시큼한 바다 냄새가 나는 것 같았다.

　해상무역의 중심지. 발달된 무역만큼이나 퇴폐와 향락이 판을 치는 곳. 그러나 외관만큼은 아름답기 그지없어 능히 천당과도 비교가 되는 중원 최고의 도시가 눈앞에 펼쳐졌다.

　마침내 항주로 들어선 것이다.

　진조월의 눈가가 스산함으로 물들었다.

　'오상검문.'

　절강에서 염권가와 함께 패권을 다투고 있는 세력이었다.

　그러나 마냥 절강의 패주라 할 수는 없는 것이, 실제 그들은 강북에 자리를 잡고 있는 철혈성의 눈과 같은 역할을 자처한 곳이기도 했다.

　정보로도 대륙 최고를 자부하는 철혈성.

　비단 오상검문만이 아니라 절강에 뿌리를 내린 무파들 중 절반 이상이 철혈성과 연줄을 갖고 있으리라. 절강에서 파악되는 정보들은 하루 만에 철혈성으로 도달할 것이다.

'절강에 들어선 최고의 눈. 그 눈을 도려낼 것이다.'

물론 그것만이 이유는 아니었다.

마지막 도주로에서 동료들과 자신을 막은 것이 오상검문이었다.

진조월은 생각했다. 오상검문의 검수들에게 죽어 간 동료들의 이름을.

'장량(張糧), 고일성(高日星), 사진걸(司眞傑), 이송(李松), 만자추(萬紫秋)…….'

총 열세 명의 동료들이 오상검문의 검수들에게 목숨을 잃었다.

제대로 겨루었다면 어찌 오상검문 소속의 검수들이라 한들 전장에서 피와 땀을 흘려 가며 살아남은 야차들을 당해 낼 수 있었을까.

지쳐서 칼조차 들 수 없는 상황이었다. 설령 삼류 파락호의 돌팔매질에도 쓰러졌을 터였다.

자신을 살리기 위해 목숨조차 희생코자 했던 그들의 독기 덕분에 무사히 탈출했지만 진조월의 가슴에는 한으로만 남은 사건이기도 했다.

그는 동료들을 죽인 이들의 이름과 세력을 단한 번도 잊어 본 적이 없었다. 그들이 누구에게 죽었는지도 모조리 기억하고 있었다.

또한…….

'소영.'

그녀의 고향이 절강 항주였다.

진조월의 투명했던 눈동자가 일순 칙칙하게 가라앉았다.

"나오라."

이미 짐작하고 있었다는 듯 진조월의 뒤로 총 십여 명의 장정들이 나타났다.

그들 모두 단련이 잘된 무인들로 보였는데, 특히나 하나같이 주먹에 굳은살이 그득하여 각고의 수련을 쌓은 권사(拳士)들임을 짐작케 해 주었다.

또한 가장 뒤에 있는 호리호리한 사내는 가만히 팔짱을 끼고 있었는데, 등에 한 자루 도를 매달고 있었다.

권사는 아닌 것으로 보이나 오히려 이곳에 있는 어떤 권사들보다도 존재감이 대단했다. 그리고 그 무인들의 중간에는 큰 덩치에 우락부락한 인상을 한 정팔상이 있었다.

정팔상이 희미한 살소를 지었다.

"이거 꽤나 오랜만이군. 그간 잘 지냈나?"

진조월의 무정한 눈길이 정팔상의 얼굴을 스치고 지나갔다.

순간 정팔상은 가슴이 서늘해짐을 느꼈다.

'젠장. 무슨 눈동자가…….'

얼음을 깎아 박아 놓아도 저렇게 싸늘하진 않을 것이다.

그러나 정팔상은 재차 호기를 되찾았다.

혼자라면 또 모르되 그의 뒤에 시립한 이들이라면 자신에게 무례했던 이놈을 충분히 혼내 줄 수 있을 것이라 생각했다.

충분하다 못해 넘칠 것이다. 그는 자부심을 가졌다.

"네놈이 내게 주었던 수치는 아직도 기억하고 있다. 잊으려 해도 잊을 수가 없더군. 천하의 염권가 조교에게 무례했던 자가 어떤 취급을 받아야 하는지 그 몸에 새겨 주리라."

진조월의 눈동자는 변함이 없었다.

본래 자리가 있는 곳이었거늘 허가도 없이 들어선 자가 어떤 무례를 받았기에 무인들까지 대동하고 여기에 왔는지 진조월의 머리로는 이해할 수 없었다.

그러나 이해할 수 없다 뿐이지, 이런 졸장부들을 상대했던 경험이 많은 진조월이었다.

강자에게 철저히 약하고, 약자에게 한없이 강한 전형적인 소인배였다.

본신의 힘을 부각시키고 상대의 위치를 깎아내린다. 또한 이런 자들의 특징은, 자신이 준 무례와 피해는 생각지도 않으면서 자신이 당한 피해와 무례에는 거품을 문다.

물론 진조월은 이런 상대와 말을 섞기가 싫었다.

깨달아서 개화를 할 수 있는 사람일 수도 있다. 그러나 그런 수고도 하기 싫었고, 무엇보다 자신이라 하여 그보다 낫다 할 수 있는 위치가 아니었다.

지금 그가 걷고자 하는 길에는 수많은 사람들이 피를 흘려야 하는 길이기도 했다. 어찌 보면 정팔상이 하는 악행 정도는 앞으로 행할 진조월의 행동에 비하면 가볍다고도 할 수 있는 수준이었다.

무기를 쥐고 위협하면 무조건 부순다.

처음 전장을 나섰을 때와 비교한다면 참으로 큰 심중의 변화였지만 진조월은 그것을 애석해하지 않았다.

그는 가만히 하늘을 올려다보았다.

구름 사이로 숨었던 달이 함초롬히 얼굴을 내밀어 그들을 내려다보고 있었다. 마치 이 부덕과 살의로 범벅이 된 대지를 훔쳐보는 것 같았다.

정팔상이 손을 들어 명령을 내리려 할 때였다.

진조월의 신형이 일순 흐릿해지더니 귀신처럼 허공의 정면을 치고 나갔다.

빠르고도 빠른 몸놀림.

눈으로는 볼 수 없고, 감각으로 느끼기에도 지나치게 빨랐다. 적어도 그들에게는 그러했다.

정팔상의 눈이 크게 뜨였다.

퍽! 따다닥!

주먹으로 복부를 가격 당함과 동시에 정팔상의 몸이 좌측 나무로 날아가 뒹굴었다.

한 대 맞자마자 마혈을 짚어 몸을 마비시킨 후 멱살을 잡아 던져 버린 것이다.

보이지도 않는 몸놀림에 손놀림이었다.

뒤에 선 권사들의 눈동자가 크게 흔들렸다. 다만 가장 뒤에서 팔짱을 낀 사내만이 감탄한 기색으로 진조월을 바라볼 뿐이었다.

진조월의 차디찬 눈이 정팔상을 향했다.

"마침 기분도 좋지 않은데 잘 와 주었다."

그 한마디를 끝으로 십여 명의 권사들이 덤벼들었다.

알 수 없는 불안감이 그들의 가슴을 경동시켰다.

순식간에 팔방을 에워싸 덤비는 권사들의 주먹에서는 감히 마주할 수 없는 권경(拳勁)이 가득하였다.

능히 일류의 소리를 듣기에 부족함이 없는 무력들.

정팔상보다 하수라지만, 한 수나 반 수의 차이만 있을 뿐, 이들 열 명이 상대라 하면 어지간한 고수라 할지라도 도망쳐야 마땅하리라.

문제는 상대가 진조월이라는 데에 있었다.

이들보다 조금 더 강했던 철사자조 무인들조차 일검(一劍)에 다리를 잘라 버렸던 진조월이다. 설령 그들보다 강하다 한들 진조월의 마수에서 벗어날 실력들이 되질 못했다.

거친 파공성과 둔탁한 괴음이 한순간 퍼져 나갔다.

열 명의 비명이 한 번에 들린 것처럼 묘한 화음을 이룬다. 발길질과 주먹질로 열 명의 권사들이 바닥을 뒹굴어야 했다.

한 명당 한 번의 가격(加擊).

그러나 그렇게 한 번의 가격으로 그들 모두가 전투 불능이 되었다.

몸을 단련함에 있어 최소한 노력하지 않은 이들이 아니었음에도 그들은 일어날 생각을 하지 못했다.

진조월의 주먹은 쇳덩이처럼 강렬했고, 발길질은 바위조차 부술 만큼의 거력이 가득했다.

아프고 뭐고 말할 단계가 아니었다. 근육이 파열되고 뼈가 부서졌으며, 내기가 흩어지는 일격들이었다.

신음과 고통 속에서 몸부림치는 권사들을 제친 진조월의 눈이 이번엔 팔짱을 낀 도객(刀客)에게 향했다.

의문의 도객은 가슴이 시린 느낌이었다.

정팔상이 당할 때만 해도 능히 겨루어 이겨 낼 수 있을 정도로 보였다. 강하고 냉혹한 공격들이었지만 감당하지 못할 정도는 아니었다.

하지만 이번 열 명의 권사들을 무더기로 무너뜨렸던 무력은 달랐다.

자신의 눈으로도 흐릿해 보일 정도로 빠른 공격들.

도객의 눈동자가 침중하게 굳어졌다.

"귀하의 이름은?"

진조월은 답하지 않았다.

다만 고개를 우측으로 갸웃하며 손가락을 까딱일 뿐이었다.

그는 지금 누군가를 용서할 마음이 없었다. 인의니 도덕이니 하는 말 따위는 지금의 그에게 해당 사항이 아니었다.

사실 그렇지 않아도 기분이 좋지 않았는데 나타나 줘서 고맙기까지 했다.

도객은 이를 악물었다.

상대의 오만한 행동을 보니 울화가 치밀었지만, 신중해야만 했다. 최소한 그가 보기에 자신보다 한 수 위의 고수가 분명했다.

더군다나 검을 찬 것을 보니 검객이 분명할진대 그는 주먹질로 권사들을 쓰러트렸다.

그것은 의미하는 바가 컸다.

도객은 쓰러진 정팔상을 보며 이를 갈았다.

'빌어먹을 놈! 강호에 산다는 놈이 사람 보는 눈이 이렇게 없어서야!'

지금이라도 이 일에서 손을 떼고 싶었다.

자존심이니 수치니 하는 것들도 목숨이 있어야 챙길 거 아닌가.

그는 혹시나 몰라 진조월에게 말을 걸었다.

"나는 이만 돌아가겠소. 그대의 손에 망가지긴 싫소. 이해해 주시겠소?"

솔직한 말투였다.

아마 평소의 진조월이었다면 귀찮아서라도 보냈을 것이다.

하지만 문제는 지금 진조월의 기분이 영 엉망이라는 것이고 상대를 배려할 생각이 손톱만큼도 없다는 데에 있었다.

진조월이 차가운 조소를 지어 보였다.

"내가 먼저 갈까?"

혹시나 했지만 역시나였다.

도객의 손이 **번개처럼** 칼의 손잡이로 향했다.

"제길!"

나직한 욕설과 함께 도객의 칼이 단박에 진조월

의 머리로 향했다.

굵직한 칼이 아닌 날렵하고 약간의 곡선을 그리는 칼은 굉장히 날카로워 보였다. 쾌도(快刀)에 적합한 칼임이 분명했다.

실제로 칼을 뽑고 내려치는 일격이 놀라우리만치 빠르고 정확했다.

이왕지사 이렇게 된 것, 죽일 각오로 손을 써야 한다는 것이 도객의 생각이었다. 혹시라도 틈이 보인다면 달아날 생각까지 한 도객이었다.

그러나, 전심전력을 다해 내리쳐도 틈이 보일까 싶은 상대에게 엉덩이를 빼고 공격했으니 결과는 명약관화했다.

카아앙!

날카로운 소리가 주변을 울렸다.

도객의 눈이 퉁방울처럼 툭 불거졌다.

십여 년 동안 자신의 전우가 되어 살벌한 강호를 헤쳐 나갔던 칼이 중간에서 뚝 부러진 것이다.

진조월이 부러진 칼날을 꽉 쥐고 있었다.

가만히 가져다 대도 어지간한 나무조차 베어 버리는 칼날이었건만 진조월은 칼날을 쥐어서 부러트린 것이다. 칼날을 쥔 그의 손에는 피 한 방울도 나지 않았다.

'철수공(鐵手功)?'

하지만 아무리 철수공이라 해도 내력까지 주입한 칼날을 이렇게 쉽게 쥘 수 있는 것인가? 아니, 그래서는 안 될 일격이 아니었나?

생각은 생각일 뿐. 이미 진조월의 주먹은 도객의 명치를 후려치고 있었다.

"컥!"

답답한 소리와 함께 그의 몸이 정확하게 반으로 접혔다.

수없이 단련된 주먹으로 정확하게 치면 죽을 수도 있는 급소가 명치였다. 도객은 피와 침을 흘리면서 정신을 차리지 못했다.

그때부터 진조월의 무정하기 짝이 없는 구타가 시작되었다.

얼굴이고 팔다리고 가리지 않고 후려치는데, 그나마 정신이 들어 진조월을 바라보았던 권사들은 소름이 끼치는 걸 몸으로 겪어야 했다.

사람을 패도 이렇게 팰 수는 없는 것이다.

급소고 나발이고 상관없이 두들겨 대는 진조월의 눈동자는 여전히 싸늘했다.

약 일각 동안의 구타가 끝나고 나서 도객은 거의 피떡이 되어 있었다. 온몸의 뼈란 뼈는 거의 다 부서지고, 코와 입에서 흐르는 피의 색깔은 검붉었다. 기식이 엄엄한 상태였다.

살벌한 구타를 끝낸 진조월은 너부러진 권사들에게는 눈길조차 주지 않고 정팔상에게 다가갔다.

몸이 마비가 되었을 뿐이지 모든 상황을 다 지켜본 정팔상은 치미는 두려움에 제정신이 아니었다. 실력도 실력이었지만, 무자비한 구타를 냉정한 얼굴로 자행하는 진조월이 인간 같지가 않았다.

"사, 살려……."

말조차 제대로 나오지 않는다.

그제야 정팔상은 자신이 사신을 건드렸다는 걸 깨달았다.

진조월의 냉소가 정팔상에게 절망을 안겨 주었다.

"무사에게 승부를 걸었으면 자기 목숨도 내놓을 작정 정도는 해 줘야 도리에 맞지. 그게 무림 아닌가?"

그의 주먹이 허공을 갈랐다.

"실로 천하절경이로다."

당무환의 찬탄에 남궁소소는 고운 눈으로 그를 흘겨보았다.

그러나 그녀 역시, 겨울철 드넓게 펼쳐진 서호(西湖)의 아름다움에 감탄할 수밖에 없었다.

둘레만 능히 사십 리에 달하는 서호는 대륙의 호수치고 그다지 큰 편은 아니나, 그 절경이 실로 빼어난지라 항주에 들른 사람치고 서호를 보지 않은 이가 없었다.

설령 항주에 실망을 했다 할지언정 서호를 보았으면 그것으로 만족이라는 말도 항간에 떠도니 이미 서호의 아름다움은 천하에서 유명했다.

겨울철, 눈이 녹으면서 마치 다리가 끊어진 듯한 착각을 불러일으킨다 하여 이와 같은 아름다움을 단교잔설(斷橋殘雪)이라고도 한다.

비록 눈이 한창이라 볼 수 없었으나 단교고, 잔설이기 전의 아름다움 역시 감탄이 아니 나올 수가 없었다.

서호에서 그다지 멀지 않은 곳에 위치한 서호신가는 절강 무림을 떨쳐 울리는 명성을 생각하자면 상당히 조촐했다. 전각도 그리 많지 않고, 고풍스러움은 있었으나 화려하진 않았다.

하지만 그와 같은 모습이 신가의 고집과 협의(俠義)를 더욱 살려 주고 있었다.

절강의 상권에서 상당한 영향력을 가진 서호신가는 지난바 재산도 대단할 터, 그럼에도 겉으로는 결코 화려함을 보이지 않으며 오히려 수신(修身)과 정명(正明)에 힘썼다. 그야말로 가장 정파다운 정파라 할 수 있겠다.

게다가 손님들을 받는 서호신가의 객당(客堂)에서도 서호의 절경을 바라볼 수 있는 구조였다.

창도 크고, 탁 트이는 기분이 시원스럽기만 하다.

차를 마시며 절경을 구경하는 두 노소의 모습은 평화롭기 짝이 없었다. 남궁소소는 서호의 절경에 취했다가 문득 궁금함이 일어 당무환에게 물었다.

"한데 숙부님, 갑자기 어인 심중에 변화가 있어 여기까지 따라오셨나요?"

"예끼 이놈아. 따라오다니. 나도 벌써 오십이나

먹었는데 세상 구경 좀 하면 뭐가 덧나냐? 그동안 주먹질에 망치질에 바쁘게 살았으니 나도 운치 좀 즐겨 보자."

이전에 만났을 때도 이와 같은 말을 하며 얼버무렸지만, 남궁소소는 당무환이 절대 경치나 구경한답시고 세상에 나올 성격이 아님을 알고 있었다.

분명 뭔가 일이 있을 것이며 적어도 그것은 범부가 나서서 해결될 일 역시 아닐 것이다.

"혹, 이곳에 어떤 변괴라도 있을 거라 생각하신 건가요?"

당무환이 당치도 않다며 고개를 저었다.

"평화로운 신가에 무슨 일이 있겠느냐? 혼사 일로 한창인데 이것저것 신경 쓸 새도 없을 것이다. 그저 경치도 구경할 겸, 사적인 일도 풀 겸, 간만에 신랑 얼굴도 볼 겸 내려온 것이니 크게 신경 쓰지는 마라."

당무환의 성격상 설령 큰일이라 한들 남에게 말하진 않을 것이다.

결국 남궁소소는 고개를 끄덕이고야 말았다. 더이상 캐묻다시피 하는 것도 예의는 아니리라.

두 노소가 이런저런 잡다한 이야기로 평화로운 시간을 보낼 때였다.

"들어가도 되겠습니까?"

중후한 음성이 객당 밖에서 울렸다.

당무환은 이미 기척을 느껴 알았는지 평안한 안색이었고, 남궁소소 역시 그다지 큰 안색의 변화가 없었다.

당무환이 빙긋 웃으며 말했다.

"어서 들어오시구려."

문이 열리고 들어온 사람은 이제 마흔 중반 정도로 보이는 중년인이었다.

호리호리한 몸에 검소한 복장을 한 중년인은 아주 인자하고 선해 보였다. 지닌바 무학의 경지가 녹록치 않아 절로 발산하는 기세는 숨길 수 없었지만, 그 기운이라는 것이 참으로 부드럽고 풍성하여 마주하는 이가 미소를 짓게 한다.

구름과도 같은 분위기. 햇살과도 같은 강렬함은 없지만, 세상을 비추는 따스함이 중년인에게는 있었다.

중년인이 먼저 두 손을 맞잡고 인사를 건넸다.

"천하의 호협으로 이름 높으신 당 대협과 남궁

가의 금지옥엽 남궁 소저를 뵙겠습니다. 아직 부덕하고 능력이 시원치 않으나 이 사람이 신가의 가주를 맡고 있는 신일하(申一河)라는 사람이올시다."

서호운검(西湖雲劍) 신일하.

당대 서호신가의 가주로 호탕함과 인의예지(仁義禮智)를 두루 갖추었다는 대협이었다.

절강무림을 대표하는 고수 중 한 명이었으며, 검소하고 부드러운 성정 덕에 민간에서조차 인기가 좋은 무인.

가뭄이 들고 백성들이 피폐할 시기가 오면 곡창(穀倉)을 열어 그들을 배불리는 데에 힘을 쓰고, 억울한 일이 있어 통곡하는 이들을 만나면 협의를 세우는 데에 주저함이 없으니, 비록 세는 오대세가(五大世家)에 비교하기 어려우나 되레 덕과 의로움은 가히 강호에 손꼽히는 명망이 높은 정파의 무가였다.

오상검문, 염권가의 세보다도 한 수 뒤진다고 할 수 있지만, 원체 명성이 좋은지라 단순한 영향력으로는 절강에서 제일로 치는 가문이기도 하였다.

심지어 오대세가에서도 경의를 표한다 하니 능히 그들의 후덕함을 알 수 있으리라.

이전에도 명성이 좋은 서호신가였다. 그러한 신가의 영향력을 두어 배 이상 확장시킨 일대의 재주꾼이 바로 신일하였다.

남궁소소는 서둘러 인사하기 바빴고, 당무환은 부드럽게 인사하였다.

"천하에 명성이 자자한 신가의 가주를 이리 또 뵙소. 몇 년 만인지 모르겠지만 이전보다 풍채가 남다르니 그 덕망에 모자라지 않은 무학으로도 절강에 이름을 떨칠 듯하오."

호탕하고 솔직한 성정으로 이름이 높은 당무환인 만큼 그의 말에선 꾸밈이 없었다.

그것이 신알하의 기분을 더욱 좋게 하였다. 진심이 느껴졌기 때문이리라.

"이거 민망합니다. 아직 한참이나 멀었음을 내 스스로 아니 금칠은 이만해 주셔도 됩니다."

"허허."

화기애애한 분위기가 생성됨은 금방이었다.

세 사람은 자그마한 탁자 주위로 앉았다.

"한데 한창 소가주 혼례 준비로 바쁘실 가주께

서 어인 일로 예까지 오셨소? 일견하니 하인들부터 무인들까지 얼굴에 땀 안 나는 사람 없더이다."

"하하, 정작 제가 할 일이 얼마나 있겠습니까? 그네들 주변에 서성여 봤자 불편해할 것이 분명하고, 실제 할 일도 많지 않습니다. 이래저래 일하는 사람들 배나 부르게 할 것 빼고는 생각보다 한산합니다. 더군다나 일전에 뵈었던 당 대협과 남궁 소저가 오셨는데 어찌 엉덩이 무겁게 앉아만 있겠습니까? 발바닥에 땀나도록 달려왔습니다."

기분 좋은 어조였다.

당무환은 웃고, 남궁소소는 자신에게까지 정중하게 대하는 신일하의 예의 덕에 고개를 들지 못했다.

조금은 민망한 기분이었다.

"어찌 되었든 실로 축하드리오. 어릴 때 그 헤실헤실 웃던 녀석이 벌써 혼례를 올릴 나이가 되었다니…… 내 그 말을 듣고 얼마나 놀랐는지 가주께서는 짐작도 못할 것이오."

"당 대협 앞에서 제가 할 말은 아닙니다만, 정말 세월의 빠름이 화살과도 같습니다. 막 글을 읽고 목검을 쥐던 때가 엊그제 같은데 저가 좋다는 여인을 데려와 느닷없이 혼인을 하겠다 하니, 저도 감개가 무량하더군요."

신일하의 얼굴에는 자식에 대한 뿌듯함과 알 수 없는 아쉬움이 공존했다. 혼례를 올리는 자식을 생각하는 아버지의 얼굴은 분명 이러하리라.

당무환은 껄껄 웃었다.

"나야 평생을 자유로이 살아서 아직 아내도 없고, 자식조차 없소만 능히 가주의 기분을 이해할 것 같소. 만약 소소가 혼인을 한다고 생각하면 제법 당황할 거요."

남궁소소의 얼굴이 살짝 붉어졌다.

그녀는 당황해서 당무환과 신일하를 연이어 쳐다보았다.

"숙부님!"

"허허. 그래도 이놈아, 처녀로 늙어 죽는 것보다 건실한 청년 하나 물어서 평생을 행복하게 사는 것이 좋지 않겠냐? 내 홀로 살아 보니 이것도 마냥 할 짓은 안 되더라. 너는 꼭 좋은 배필을 구해 단란한 가정을 이루도록 하거라."

눈처럼 하얗고 싸늘하던 남궁소소의 얼굴이 한

껏 붉어졌다.

어여쁜 처녀의 부끄러움을 본 당무환과 신일하는 크게 웃었다.

신일하는 은근한 눈으로 남궁소소를 바라보며 말했다.

"혹 남궁 소저가 연심을 품은 이가 없다면 어떻게, 우리 큰아들은 어떠신가? 좀 자유분방한 면이 있지만, 그래도 제법 사내구실 할 줄 아는 놈으로 키워 놨는데. 생각이 있으신가?"

남궁소소가 당황해서 손을 저었다.

"가, 가주님. 저는 아직 혼례를 올릴 생각이……. 아, 물론 그렇다고 신가의 대공자를 폄하하는 건 아니고요."

당무환이 옆에서 거들었다.

"허, 이 녀석 보게. 그래도 아주 싫은 건 아닌 모양이로세? 하기야 방년이면 남녀의 정리(情理)에 눈을 뜰 때도 되었지."

두 사람이 껄껄 웃었다.

남궁소소는 결국 목까지 붉어진 채 고개를 푹 숙였다.

차라리 백 명의 적과 싸우는 게 낫지 이런 상황

에서는 어떻게 대처해야 할지 모르는 그녀였다. 천재 여검수로 이름이 높은 남궁소소였지만, 그녀도 아직 사랑을 모르는 순진한 처녀였다.

유쾌한 자리는 반 시진이 되어도 식을 줄을 몰랐다.

보통 이야기는 당무환과 신일하가 주도하는 쪽이었고, 남궁소소는 두 사람의 이야기를 귀담아듣는 쪽이었다.

신일하는 한껏 즐거운 표정으로 말했다.

"이거, 간만에 좋으신 분을 만나 기분이 참으로 좋습니다. 조금만 지나면 곧 석식을 해야 할 터인데 이왕지사 이리된 거, 술 한잔하면서 유쾌한 시간을 보냄이 어떠합니까?"

당무환은 기꺼운 듯 고개를 끄덕였다.

이리 정 있고 덕망 높은 사람과의 술자리라면 어찌 마다하겠는가.

"나야 가주께서 주는 술이라면 서 말이라도 마다하겠소? 내 기대하겠소이다."

"하하. 묵혀 놓은 좋은 술이라도 꺼내야겠습니다. 하면 남궁 소저는 어찌할 텐가?"

남궁소소는 자그마한 미소를 얼굴에 그렸다. 서

호신가와의 유대감이야 이미 공고하지만, 가주와 친해서 나쁠 것은 없었다. 굳이 그런 걸 떠나서라도 신일하는 참으로 인간적인 매력이 뛰어난 사람이었다.

"저야 영광입니다."

"좋습니다. 간만에 아내에게 요리 좀 부탁하겠습니다."

당무환은 아무렇지도 않은 얼굴로 말했다.

"석찬(夕餐) 이전에 잠시 나가서 서호의 진경을 구경해도 되겠소이까? 한 시진 안에 내 돌아올 것이오."

신일하의 눈동자가 살짝 빛났다.

당무환은 고개를 끄덕이고, 남궁소소는 그들의 눈을 보진 못하였다.

"이를 말입니까? 걱정 마시고 한 시진 뒤에 뵙겠습니다."

신일하가 나가고 남궁소소는 궁금한 얼굴로 당무환을 보았다.

물론 서호의 절경이 아침이 다르고 저녁이 다르다지만 굳이 창밖으로 볼 수 있는 것을 나가서 볼 까닭은 없다고 생각했기 때문이다.

"숙부님, 어디 다녀오시게요?"

"허허, 잠시 친구 좀 만나고 오겠다. 돌아올 때까지 혼자 심심해도 서호 구경이나 하면서 참거라. 오늘 코가 삐뚤어질 때까지 마셔 보자."

그 말을 남기고 당무환은 바람처럼 사라졌다.

5.
오왕집결(五王集結)(2)

서호의 아름다운 물결은 석양을 받아 더욱 찬연히 피어올랐다.

정녕 인세에 이와 같은 호수가 있다는 것은 하늘의 오묘함을 따져 봐야 될 일이 아닌가 싶어 당무환은 도무지 눈을 뗄 수 없었다.

청년 시절, 과거의 그는 그러했다.

그러나 세파에 휩쓸리고 두 손으로 많은 피를 본 이후가 되어 그는 더 이상 아름다움을 아름다움으로만 보지 못했고, 믿음을 믿음으로만 생각하지 못하게 되었다.

노회하여 이제는 은퇴를 해도 크게 흉을 보지

않을 나이가 되었을 때, 그는 비로소 진실과 거짓을 꿰뚫어 보는 눈을 가지게 되었고, 좋은 사람과 엮인다 하여 마냥 좋은 일이 생기는 것이 아님을 깨달았다. 초탈했다고 볼 수도 있을 것이다.

하지만 세속의 난잡함에서 벗어나기에는 그간 벌여 놓은 일이 적지 않고, 부덕한 사태, 암운으로 드리워진 하늘을 외면하기에 그의 성정이 너무 올곧았으며, 호협하였다.

그 속에서 자신을 지키기란 얼마나 어려운가.

그것은 무공의 높낮이와 상관이 없었다. 나이의 많고 적음과도 상관이 없었다.

오로지 한 명의 인간 스스로가 얼마나 기준을 잘 세우는가, 그리고 얼마나 기준 속에서 잘 뛰노는가가 중요할 것이다.

당무환은 진정 그런 사람이 되려고 노력했다.

그리고 어느 정도 자신의 통제를 명확하게 할 수 있다고 생각되었을 때 예기치 않게 소식을 듣게 되었다.

결코 듣고 싶지 않았던 소식. 동시에 자신의 대에서 끝내 버리고자 싶었던 소식.

절대로 기쁠 수 없지만, 반드시 손을 대야만 하는 일이 마침내 마주하기 어려운 현실로 다가와 당무환을 심란케 하였다.

만일 혼자였다면 괴로움이 몸부림이라도 쳤을 터, 다행히 약속을 한 동료들이 있었고 친우들이 있었다. 그는 멍하니 석양이 지는 서호의 모습을 바라보았다.

그리고 그의 초탈한 모습 뒤로 한 명의 사내가 다가왔다.

새하얀 무복에 청색 장삼을 입고 그 위로 털옷까지 겹쳐 입은 중년인이었다.

나이가 먹었으나 아직까지도 수려한 외모는 찬탄이 절로 나왔다.

강인한 남성의 모습이라기보다는 유약한 문사의 모습에 가까운 중년인.

당무환은 빙긋 웃으며 천천히 뒤를 돌아보았다.

그곳에, 자신과 함께 천하에 알려지지 않았던 비밀의 전란을 주도했었던 동료가 있었다.

위태로워 흔들리게 된 거대한 나라조차 능히 홀로 평정할 능력이 된다는 신장(神將)의 재림. 한번 고함을 질러 바다조차 둘로 갈라 버린다는 웅

흔한 기상의 무인.

패기가 충천(衝天)하매, 수많은 악도들조차 그 앞에서 감히 고개를 조아리지 않을 수 없었다는 전설을 만든 무인이 여기에 있었다. 천하의 전란을 종식시킬 역발산기개세(力拔山氣蓋世)의 신력(神力)을 품은 이가 여기에 있다.

항우의 용맹, 장량의 지략.

패천광군(覇天狂君). 패왕(覇王) 단기중이었다.

"오랜만입니다, 당 선배."

"단가 네놈! 안 본 사이에 아주 신수가 훤해졌구나. 걸친 것은 또 무어냐? 어울리지 않게 털옷까지 입었구먼."

"하하! 아내가 손수 만든 옷인데 보물처럼 여겨야지요."

당무환의 얼굴에 놀란 표정이 드러났다.

"혼인을 하였던가?"

"마침 이 미욱한 놈에게도 인연이 있었는지 참으로 좋은 사람을 만나 삼생의 연을 함께하기로 하였습니다."

"허허, 축하하네."

어찌 혼례식에 부르지도 않았냐고 핀잔을 줄만
도 하건만 당무환은 결코 그러지 않았다.

진심으로 축하하는 당무환을 보며 단기중은 머
리를 긁적였다.

"나중에 와서 술이나 한잔하시지요. 일 년 전에
백사를 한 마리 잡아 술을 담았는데 향은 비릿할
지언정 맛은 일품일 것입니다. 아내 몰래 담았지
요."

"내, 일이 종식되면 바로 찾아감세."

둘은 잔잔하게 서로의 반가움을 나누었다.

그리고 얼마 뒤.

차가운 한풍을 찢어발기고, 또 다른 인영이 그
곳으로 도달하기에 이르렀다.

호리호리한 인영이었다. 두꺼운 옷으로 몸을 가
렸지만, 몸의 굴곡이 실로 눈이 돌아갈 만한 절세
미인이 있었다. 작은 봇짐을 메고 허리춤에는 평
범한 장검 한 자루를 찼는데 그 모습이 참으로 잘
어울렸다.

완숙한 미모를 자랑하는 미녀.

다만 눈빛이 지나치게 투명하여 차마 마주 보기
가 힘들 지경이었다.

하나의 비수를 쥐게 될 때, 천 명의 악인들조차 즉시 저승으로 보낸다는 이 시대 최강의 협의살수(俠義殺手). 한 자루의 검을 쥐게 될 때 거대한 성조차 발 아래로 무너뜨린다는 파괴의 화신.

여인의 몸으로 서른이 되기도 전에 음지에서 나와 수를 헤아리기 힘든 무인들과의 생사전을 벌여, 그 모든 생사전에서 단 한 번의 패배 없이 모두를 북망산(北邙山)으로 보내 버린 살수계의 제왕이 여기에 있었다.

만혈비군(萬血飛君). 살왕(殺王) 임가연이 마침내 서호에 도달했다.

단기중이 손을 흔들었다.

"여, 동생! 오랜만이네. 육 년이면 애를 낳아도 다섯 살인데 정녕 그 미모는 식을 줄 모르는구먼."

임가연은 가만히 두 사람에게 인사를 올렸다.

"소녀가 당 선배와 단 선배를 뵙습니다."

당무환이 빙그레 웃었다.

과거 양지의 무사들은 모르는 칠왕의 난, 만월지란에서 그 주역을 맡았던 일곱의 왕들 중 가장 어린 이가 바로 임가연이었다.

그러나 그녀의 독랄한 살수는 능히 다른 왕들을

압도하고도 남음이 있었다.

선을 지키기 위해 팔 한쪽이라도 잘라 낼 여인이었고, 악을 위해서는 온몸을 불사르는 호협의 살수가 그녀였다.

"연아도 잘 지낸 모양이다. 지난번보다 후련한 기색을 보아하니 육 년간 나름 좋은 세월 속에서 살아온 것 같으이."

한눈에 사람의 심중을 파악하는 당무환의 눈은 과연 비범한 데가 있었다.

임가연은 그 투명한 얼굴에 어울리지 않는 미소를 지으며 고개를 숙였다.

손짓 한 번에 강철도 쇳물로 녹여 버린다는 이 시대 최고의 열양괴공(熱陽怪功) 소유자 화왕 당무환과, 기세만으로도 사방천지를 굴복시킨다는 패왕 단기중, 자갈 하나로도 천하의 황제조차 암살해 버린다는 살왕 임가연까지.

총 세 명의 왕들이 서호에 모여들었다.

당무환은 하늘을 보며 말했다.

"아무래도 백 선배는 조금 늦으실 듯하다. 하기야 하북에 계셨으니."

단기중은 눈을 끔뻑이다가 피식 웃었다.

"당 선배, 그 무슨 섭섭한 소리를 하시는 겁니까?"

"음?"

"내가 사천에서 득달같이 달려온 겁니다. 아무리 하북이라지만 백 선배라 하여 늦을 양반이 되겠습니까?"

"허! 사천에서 이리 빨리 당도했단 말인가? 며칠이나 지났다고."

"간만에 동료들 본다는데 좀이 쑤셔서 걸어만 다닐 수 있나요?"

싱글벙글 웃는 단기중의 모습은 도무지 패왕이라 불릴 정도의 압도적인 무위를 자랑했던 과거의 그와 어울리지 않았다.

당무환은 껄껄 웃었다.

"그도 그렇구먼. 하면 백 선배께서도 지금쯤 도달을 하셨어야 하는데."

그때 허공에서 장중한 음색이 울려 퍼졌다.

"날 찾는가?"

세 왕들의 시선이 하늘로 올라섰다.

그들의 눈에 충격적인 광경이 비쳐 들었다.

마치 허공에서 하강하는 신선처럼 천천히 내려

오는 한 명의 노인.

흩날리는 백발과 수염, 새하얀 장포자락이 그렇게 잘 어울릴 수 없었는데, 행색의 비범함이란 능히 신선에 비할 만했다. 뒷짐을 지고 천천히 내려선 노인의 얼굴에는 고아한 미소 한 가닥이 배어 있었다.

당무환과 단기중, 임가연이 동시에 인사를 올렸다.

"백 선배님을 뵙습니다."

절강 서호에 모여야 할 다섯 명의 왕들 중 네 명의 왕이 마침내 모였다.

신선과도 같은 외양은 도무지 속세의 다툼에 어울리지 않지만 한 번 투기를 발산하면 만장 절벽도 몸을 떤다는 일세의 투사였다. 손으로 하늘을 때리면 하늘이 놀라 천둥번개를 뿜어 댄다는 전투의 제왕이었다.

죽은 두 명의 왕들까지 합하여 칠왕에서도 가장 나이가 많고, 그 무학 역시 가장 고강해 칠왕수좌 (七王首座)의 위(位)에 오른 왕중지왕(王中之王).

투신마군(鬪神魔君), 투왕(鬪王) 백성곡이었다.

"잘들 지냈는고?"

단기중이 환하게 웃으며 답했다.

"저희야 뭐 별 탈 없이 지냈으니 얼굴색도 좋지요. 백 선배께서는 좀 고달프셨나 봅니다. 어린아이 수발들었다고 들었습니다만?"

백성곡이 허허 웃으며 짐짓 눈을 부라렸다.

"예끼, 이 사람. 내가 어디 수발을 들 사람인가? 되레 그 아이가 내 말벗 해 주느라 몇 년 동안 고생 좀 했지."

"선배 말벗 해 준 그 아이 입이 한 댓 발이나 나온 게 눈에 선합니다."

"허허."

무려 육 년의 세월이었다.

길다면 길고 짧다면 짧은 세월이지만, 적어도 오랜만에 만난 지기들끼리 약간의 어색함은 비칠 만도 할 시간임은 부정하기 어려우리라.

하지만 그들 사이에 분위기가 어찌나 화기애애한지 한 겨울의 한풍조차 그들을 비껴가는 듯했다.

백성곡은 눈을 끔뻑였다.

"한데, 한 명이 덜 왔구먼. 오왕(烏王), 그 사

람은 어디에 있기에 이 늙은이보다 늦는가? 새외
(塞外)라도 간 겐가?"

단기중과 임가연도 궁금한 얼굴이었다.

다만 육 년간, 얼마나 많은 일들이 있었는지 알
고 있는 당무환만이 한숨을 쉬었다.

당무환은 씁쓸하게 입을 열었다.

"오왕은 조금 뒤늦게 합류할 것입니다."

"허…… 어찌, 중한 일이라도 있는 것인가? 가
장 먼저 왔으면 왔지 결코 늦을 사람이 아니거
늘."

당무환의 시선이 서호 너머를 바라보았다.

저 멀리 항주의 도심가가 존재한다.

그리고 도심가에서 조금 더 가면 절강에서 패주
의 자리를 자처하는 일류검문인 오상검문이 있다.

당무환은 고개를 저었다.

어차피 왕들이 모이면 말을 해야 하리라 생각했
으나 막상 닥쳐 오자 그것이 쉽지만은 않았다.

물론 뒤로 물릴수록 좋지 않음을 알기에 당무환
은 마침내 입을 열었다.

묘한 궁금증으로 어리둥절한 세 명의 왕들을 향
해 당무환이 말했다.

"오왕은 죽었습니다."

"······!"

＊　　　＊　　　＊

새카만 까마귀가 시끄럽게 울어 대며 처마 밑에 앉았다.

오상검문의 내성 호위를 총괄하는 상아검(象牙劍) 기정서(基定紋)는 눈살을 찌푸렸다.

반각 전부터 묘하게 사람을 불안하게 만드는 까마귀의 울음이 영 거슬렸다. 그는 도끼눈을 뜬 채 까마귀를 올려다보았다.

어둑해진 저녁.

석양이 무너지듯 스러지고 달이 떠오르는 시각이었다.

밤눈이 밝은 사람이라 한들 새카만 까마귀를 보는 것이 영 쉽지는 않을 터, 그러나 이미 내공이 경지에 이른 기정서에게 까마귀의 움직임 하나하나를 보는 것은 손쉬운 일이었다.

그래서 기정서는 놀라 버렸다.

'허! 까마귀가 크기도 하다!'

보통 까마귀가 아니었다.

흔히들 생각하는 까마귀보다 반 배 이상 컸고, 흑청색으로 빛나는 부리와 발톱이 놀라우리만치 단단하고 날카로워 보였다. 특히나 파랗게 빛나는 자그마한 눈동자는 아름답기보다는 가슴을 서늘케 하는 마력이 있었다.

불길한 까마귀였다.

왜일까? 이상하게 까마귀의 울음을 들으니 가슴이 진정되질 않았다.

금방이라도 심마(心魔)가 일어날 것 같은 불안감이 머리를 흔들었다.

기정서는 침을 탁 뱉고는 소리를 질렀다.

"이놈아! 저리 가지 못해?!"

그러나 까마귀는 요지부동이었다. 한 번 기정서를 쳐다보고는 다시 까악까악 울어 댈 뿐.

기정서는 내심 울화가 치밀었다.

어슬렁거리는 호랑이와 마주쳐도 호랑이가 도망쳤으면 쳤지, 무시하진 못한다. 한데 한낱 까마귀 주제에 자신을 무시하고 있었다.

평소라면 딱딱한 그의 성격상 무시했어도 무방할 일이었다.

그러나 그는 도무지 저 까마귀를 무시하지 못했다. 그냥 지나치기에는 너무 불안하다.

기정서는 자신의 허리춤에 달랑이는 검을 잡았다.

검을 잡으면서도 그는 내심 기가 막혔다.

'까마귀를 쫓으려고 검을 쥐다니, 내가 제정신인가?'

그는 살짝 고민하다가 바닥에 덜어진 돌멩이 하나를 쥐고는 홱 던져 버렸다.

크게 힘을 준 것은 아니었으나, 내성 호위총괄 무사인 기정서의 내공이 실린 돌멩이었다. 바위에 던져도 한 치는 박힐 위력이었다.

놀라운 일은 바로 뒤에 일어났다.

번개처럼 날아가는 돌멩이를, 까마귀 역시 번개처럼 날아올라 피해 버린 것이다.

검학(劍學)의 깨달음이 절정이라 불리기에 부족함이 없는 기정서의 돌팔매질을 한낱 까마귀가 피했다.

기정서의 눈동자가 찢어질 듯 커졌다.

'보통 까마귀는 아니구나!'

까마귀가 아니라 영물 중에 영물이라는 천리신

응조차 쉬이 피해 내지 못할 돌팔매질이었다.

호랑이도 정면에서 맞으면 미간이 뚫려 즉사할 만한 돌팔매질을 저리 수월하게 피해 내?

그의 복잡한 심사는 그대로 두고 하늘 높이 날아오른 까마귀는 이전보다 더욱 높은 전각의 꼭대기, 바로 문주와 문주의 가족들의 거처에 내려앉았다.

기정서는 가슴이 섬뜩했다. 왠지 까마귀가 부르짖는 울음이 오상검문에 묘한 암운을 끌어당기는 듯했다.

그리고 그의 예상은, 정확하게 들어맞았다.

꽈르릉!

마치 천둥이 치는 듯한 굉음이 터졌다.

기정서는 물론 문 내에 거주한 모든 무사들의 귀가 활짝 열리고 시선은 정문으로 향했다.

저 멀리 보이지도 않는 정문 방향.

두께만 두 자에 이르러 두껍기 짝이 없는, 자단목(紫檀木)으로 만든 정문이 종잇장처럼 찢겨져 허공을 유영하고 있었다.

고수의 칼질로도 반쪽 내기가 어렵다는 자단목이 그야말로 산산조각 난 것이다.

절강 삼대무문(三大武門) 중 수위를 다투는 오상검문으로 마침내 명부의 까마귀를 전령으로 보낸 진짜 사신이, 과거 야차왕 때보다 천배는 더한 살기를 품은 채 다가오고 있었다.

*   *   *

"오왕 그 친구, 어떻게든 숨긴다고 숨겼지만 만월지란 당시 이미 치명적인 내상으로 명재경각(命在頃刻)이었습니다. 괜찮은 듯 웃어 보였으나 우리에게 걱정을 끼치기 싫어 숨긴 것이지요. 하나 광야종(狂夜宗)을 이끌 만한 재목을 찾아내기에는 시간이 촉박하여 마침 가까이 있는 저에게 찾아와 상황의 급박함을 알렸습니다."

백성곡은 위엄 있는 눈으로, 단기중은 이를 악물고, 임가연은 흔들리는 눈빛을 감추지 못한 채로 당무환의 이야기를 들었다.

당무환의 이야기는 계속되었다.

"그때 저는 막간산까지 피신을 했던 한 명의 무인을 치료하고 있었습니다. 훗날 알게 된 사실인데 제가 치료한 젊은 무인은 바로 철혈성에서

내다 버린 성주의 세 번째 제자, 남아 있는 북원의 잔당을 소탕하는 데에 힘을 쓴 무인이었습니다."

"뭣이! 철혈성의 제자란 말입니까?!"

단기중의 눈동자에 희미한 광채가 올라왔다.

백성곡은 손을 들어 그의 급격한 동요를 막았다.

"계속 하게."

편안한 신색에 요동 없는 백성곡의 목소리는 좌중을 안정시키는 데에 적합하였다.

그러나 정작 백성곡의 눈동자는 무섭도록 가라앉아 있었다.

"오왕은 젊은이의 자질이 비범함을 알아보고 그를 후계로 삼아 만월지란의 막중한 임무를 맡기리라 다짐하고 있었습니다. 하나 이미 젊은이는 치명적인 상처로 단전이 깨져 무공의 회복은 고사하고, 다 낫는다 해도 범부보다 못할 생활을 하게 될 지경에 이르렀지요. 죽어도 몇 번은 죽어 마땅할 상처를 입었기도 했습니다. 그렇지만 젊은이의 한(恨)은 깊고도 깊었습니다. 오히려 우리들보다 몇 배는 더 깊은 한은, 저조차 소름이 돋을 정도였습니다."

*   *   *

외문의 수문위사들이 득달처럼 달려들어 검을
뽑았다.

그들의 눈은 어둠 속에서도 형형하게 빛났고,
휘몰아치는 검기의 매서움이란 도무지 수문위사에
어울리지 않는 엄격함이 있었다.

비록 타지역에 비해 수준이 떨어진다는 절강이
었으나 과연 오상검문의 검수들은 남다른 데가 있
었다.

하지만 까마귀 깃털처럼 새카만 무복과 장포를
걸친 사내의 눈에는 자못 가소로워 보이는지 차가
운 냉소로 험준한 검기를 흩어 버렸다.

진조월의 눈이 수문위사들을 훑어갔다.

검을 뽑아 기세를 일으키는 그들, 기세의 험함
이 죽지는 않았지만, 그들은 동요까지 감추지 못
했다.

그저 시선을 마주치는 것만으로도 평정심이 무
너진다.

진조월의 손이 올라갔다.

"너희들의 피를 묻히려고 파검을 제련한 게 아니다. 죽기 싫은 자들은 이만 물러서라. 한 번의 기회를 주겠다."

외문 수문위사의 장이 검첨으로 진조월을 가리켰다.

"갈! 네놈이 누구기에 감히 본 문에 해를 끼친단 말이냐! 모든 위사들은 들으라! 저 악도의 사지를 베어 내 앞으로 끌고 오라!"

"존명!"

삽시간에 삼십여 명의 검사들이 모여 진조월에게 다가갔다.

진조월의 눈동자가 파랗게 빛난 것도 그때였다.

"한 번의 기회는 끝났다."

그의 양손이 앞으로 뻗어 가자, 괴이한 번갯불로 빛난 광채가 태산처럼 검수들을 쓸어 갔다.

마치 태풍에 휘날리는 낙엽처럼, 혹은 돌풍에 몸을 실은 눈꽃처럼 검수들의 신형이 제멋대로 뒤틀려 날아갔다.

바닥에 쌓인 잡초들과 돌멩이들이 가루로 변해 흩날리고 검을 든 검수들의 몸은 피를 짜내며 튕겨 나간다.

일(一) 대(對) 일문(一門)의 전쟁.

전화(戰火)의 불씨가 타오르고 있었다.

*　　　*　　　*

"철혈성의 제자가 성에 살의를 품다니, 무슨 사
정이라도 있었던 것인가?"

"있었지요. 철혈성주는 참으로 끔찍한 짓을 저
질렀습니다. 그를 제자로 삼은 것조차 그의 모든
것을 빼앗기 위함이었으니 제아무리 기지가 빛나
는 장부라 한들 어린 나이의 그가 어찌 심기 깊은
철혈성주를 당해 낼 수 있었겠습니까? 능히 장부
의 도리를 알아 천하에 덕과 용맹을 알릴 천고의
기재는, 믿었던 스승에 대한 배신과 동료들의 죽
음으로 미치기 일보 직전이었습니다. 그의 한을
본 오왕은 전이성단대법(轉移聖丹大法)을 이용하
여 단전을 고쳐 주고 광야종의 모든 것을 물려준
뒤 한 줌의 재가 되어 사라졌습니다."

단기중은 가만히 이를 악물었다.

전이성단대법.

화경에 이른 고수 이상만이 사용할 수 있는 술법의 일종으로 자신의 내력을 마치 영물의 내단처럼 단단하게 압축하여 타인에게 전달하는 방법이다.

그러나 시전자가 지닐 고통은 지옥의 그것에 비견할 만큼 지독하며 한 번 펼칠 때 자신의 생명, 원정지기(原精之氣)까지 소모하기 때문에 대법이 완성되는 순간 혼백(魂魄)이 분리되어 저승조차 갈 수 없다는 금단의 비기였다.

죽어서도 혼(魂)이 고통 받는다.

그래서 설령 피붙이에게도 펼쳐 주지 않는 것이 전이성단대법이었다.

단기중은 오왕의 산화에 눈물이 나올 것 같았다.

'선배……'

임가연은 가만히 고개를 숙여 소매로 눈물을 찍었고, 백성곡의 안색은 변함이 없었다.

하지만 그의 주먹이 부르르 떨리는 것으로 보아 그가 격동을 참아 내고 있다는 걸 알 수 있었다.

당무환 역시 시큰한 눈을 다독이며 말을 이었다.

"그는 모든 것을 잃었고 잃었던 것을 다시 얻으려 하지 않았습니다. 다만 빚은 갚고 싶어 했습니다. 우리가 철혈성의 부덕을 흩어 내고, 철혈성주의 야망을 무너뜨리기 위한 비밀 결사라면, 그는 오로지 철혈성의 파멸만을 위해 맹목적으로 달려나가는 성난 소와 같습니다. 철혈성에 관여한 모든 걸 깨부수고 과거 그의 동료들을 죽게 한 이들을 하나하나 모두 찾아내서 피의 보복을 감행할 생각입니다. 실제로 그는 감숙의 신성(新星)으로 떠올랐던 부월보(斧月堡)를 하룻밤 새에 몰살시켰습니다. 일반인은 놔두었지만 당시 사건에 관련되었던 모든 무인들을 찾아내어 도륙했었지요. 의문의 사건으로 멸망의 길을 걷게 된 부월보의 뒤에는 그가 있었습니다."

육 년 동안 귀를 닫고 살아왔던 세월이었다.

부월보가 어떤 세력인지 그들로써는 알지 못했다.

하지만 신성으로 떠오르는 문파라면 그 기세와 무력이 녹록치만은 않을 터.

한 명이서 그곳을 박살 냈다 함은 오왕의 무력을 이은 후인으로서 큰 부족함이 없음을 뜻한다.

그러나 과하다.

이야기만 들어도 피비린내가 나는 듯했다.

백성곡은 침중한 얼굴로 말했다.

"가히 천살성(天殺星)이라 불릴 만하군."

"그렇습니다."

"자네는 어찌 막지 않았는가? 그의 손아래 죽어 간 이들 중에는 죄 없는 이들도 분명 있었을 것이야. 자네라면 막을 수 있지 않았나?"

세 명의 왕들이 의문 어린 시선으로 당무환을 바라보았다.

그들이 알기로 당무환처럼 호협하고 광명정대한 사람이 또 없었기 때문이리라.

그런 당무환이 어찌 그런 살업을 보고도 모른 체했단 말인가.

당무환은 허탈하게 웃었다.

"어찌 후배가 막을 생각을 안 했겠습니까. 설득이 안 된다면 무력으로라도 막으려 했습니다. 하나 그의 처절한 과거사와 한을 듣고는 저조차도 감히 하지 마라 할 수 없었습니다. 이런 말씀 드리기에 참으로 부끄럽습니다만, 그의 이야기를 듣고 나서 든 생각은, 차라리 죽어 마땅한 놈들이라는 생각까지 하게 되었지요. 물론 와중에 죄 없이 끌려와 눈먼 칼을 휘두른 자들도 있었겠지요. 그래도 저는 그의 앞길을 막을 수 없었습니다."

도대체 어떤 한을 가진 이었기에 당무환조차 막을 수 없었는가.

처절함이 얼마나 깊은 사람이기에 화왕이라 불리는 당무환이 물러섰는가.

백성곡과 단기중, 임가연은 도통 알 수가 없었다.

"그래. 사정이 있다 하고. 지금 그는 어디에 있는가? 모여야 할 시기에 모이지 않음은 설혹……?"

"그는 절강제일검문으로 핏값을 받아 내려 갔습니다. 아마 그것이 끝나면 이곳으로 당도하겠지요."

그때였다.

네 명의 왕들은 극한에 이른 기감(氣感)으로 무언가 심상치 않은 일이 벌어졌음을 느꼈다.

그것은 일반인이라면 감히 상상조차 하지 못할 능력, 지닌바 무위가 화경(化境)을 넘어선 진짜배기 강자들만이 가질 수 있는 초절한 경지의 증거였다.

그들의 시선이 서호를 넘어 항주 도심가, 그 도심가조차 넘어선 어딘가의 대지로 꽂혔다.

범부는 느낄 수 없는 괴악한 살기.

바람에 흩날리는 눈송이 하나를 보는 것처럼 얼핏 스쳐 가는 기운이었지만 그들은 느낄 수 있었다.

살의와 살기, 파괴와 광기로 똘똘 뭉친 알 수 없는 괴물이 활동을 시작했음을 그들은 깨달았다.

*　　　*　　　*

다섯 개의 전각이 불에 타 무너지고, 수많은 사람들이 피를 흘려 대지에 몸을 뉘였다.

하인들은 비명을 지르며 사방으로 도망쳤고, 무인들은 검을 뽑아 괴물에게 대항하려 했지만 그들의 팔과 다리는 애처로울 정도로 떨린다.

도망치는 하인들이 눈을 까뒤집으며 거품을 물었다.

괴물을 바라보는 검수들은 감히 말로 표현할 수

없는 극한의 살기 앞에서 몸조차 제대로 움직일 수 없음에 절망했다.

그들의 앞에서 공간조차 일그러트릴 만한 살기를 내뿜는 진조월이 파검을 뽑아 들고 있었다.

스르릉.

둔탁하고도 날카로운 소리가 사방을 울렸다.

볼품없는 파검이 달빛의 요요(妖妖)로움을 받아 진득한 귀기를 발했다.

막아 두었던 방이 무너지고, 홍수가 범람하는 듯 거칠게 뻗어 나가는 살기는 창날보다 날카롭고, 화살보다 빨랐으며, 태산보다도 육중했다.

진조월의 전면에 선 기정서는 이 믿을 수 없는 사태에 적응하지 못한 자신이 싫었다.

단 일각이었다.

일각 만에 오상검문의 외곽이 무너지고, 칠십에 달하는 검수들이 목숨을 잃었다.

큰 전각 다섯은 불에 타 무너졌으며, 외성을 담당하는 검수들은 지나친 살기를 받아 기절한 자들이 백여 명에 이르렀다.

말도 안 되는 괴물의 출현이었다.

기정서가 이를 악물며 검을 겨누었다.

"네 이놈! 예가 감히 어디라고 이런 난장을!"

"너."

진조월의 파검이 기정서를 향했다.

순간 기정서는 울컥 올라오는 핏덩이를 겨우 삼켰다. 그저 검을 겨누고 살기를 집중하는 것만으로도 내상을 입은 것이다.

도대체 이 초월적인 살기의 정체는 무엇인가.

진조월의 눈동자에서 얼음처럼 새파란 불똥이 튀었다.

"기억이 나는군. 너의 손에 고일성과 사진걸이 목숨을 잃었지."

"뭐, 뭐라?"

"삼 년 전의 빚을 받으러 왔다. 적어도 네놈만큼은 쉽게 죽여 주지 않을 테니 기대하도록."

질끈 묶었던 진조월의 머리카락이 거친 바람을 맞이하며 하늘 높이 펄럭였다.

그 속에 드러난 굴강하고도 차가운 눈동자가 내각, 내성을 담당하는 수문위들을 향했다.

진조월이 검으로 검수들 한 명, 한 명을 짚었다.

"너, 너, 그리고 너와 너. 너희들은 뒤로 물러

나라. 당시 없었던 이들이니 죄를 묻지 않겠다."

삼 년 전 그날, 그때의 기억을 반 시진 전에 본 것처럼 명확하게 기억하는 진조월이었다.

기정서는 물론 검수들은 소름이 돋는 걸 느꼈다.

마침내 기억이 난다.

삼 년 전, 철혈성의 천라지망을 뚫고 강북에서 강남까지 도주를 감행했던 의문의 무사들.

성내 기라성 같은 고수들의 포위를 모조리 뚫고 전진하며 절강의 산길까지 도주했던, 가히 귀신과 같았던 무리들.

철혈성과 줄을 대었던 지역 모든 문파들이 나서고, 결국에는 절강에서 그들을 모두 죽일 수 있었다.

그러나 총 세 구의 시신이 발견되지 않았는데, 바로 무리의 대장이라는 작자와 두 명의 부대장이었다.

하지만 회생 불능의 상처를 입었던지라 그렇게 사건은 무마되는 듯했다.

한데 과거의 그가 망령이 되어 살아 돌아왔다.

산 하나를 통째로 불태울 만한 살기를 품고, 초

주검이 되었던 그때와 달리 악마와 같은 힘을 소유한 채 오상검문에 나타난 것이다.

기정서의 얼굴이 창백하게 질렸다.

진조월이 지옥의 사자가 판결하듯 말했다.

"빠지지 않으면…… 모조리 베겠다."

움찔, 하는 검수들이 있었다.

충성심으로 똘똘 뭉치던 검수들이었지만, 워낙 진조월의 살기가 커서 도망치고 싶었던 것이다.

그것은 죽음을 받아들이는 것과 또 다른 감정.

사람의 근본부터 무너뜨리는 파멸적인 살기의 영향이었다.

그러나 그들은 역시 오상검문의 검수들다웠다.

입술을 깨물며 기어이 물러나지 않는 검수들의 검기는 더욱 매서워져만 갔다. 발작적으로 일으킨 기세였다.

"좋다. 전부 죽어라."

진조월의 파검이 움직였다.

기정서 역시 고함을 질렀다.

"주살하라!"

"우와아아!"

가슴 깊이 스며드는 두려움을 비명 같은 고함으

로 극복한 검수들이 진조월에게 달려들었다.

그러나 본래라면 일정한 진형을 짜서 공격해야 할 그들은 막무가내 식으로 돌격했다.

진형(陣形)까지 생각하기에는 그들의 상태가 정상이 아니었던 것이다.

결과는 참혹했다.

서걱, 서걱.

소리가 연이어 터지자, 피가 허공을 점점이 물들였다.

눈밭에 후드득 떨어지는 핏방울은 뜨거운 열기를 내며 눈을 녹여 갔다.

녹아내린 눈밭으로 다시 잘려 나간 팔다리가 뒹굴었다.

검수들 사이사이를 파고들며 파검을 휘두르는 진조월의 움직임은 한 치의 자비도, 한 치의 머뭇거림도 없었다.

마치 푸줏간에서 고기를 써는 백정의 손길처럼 아무런 감정이 실리질 않은 일검(一劍), 일검들이었다.

차라리 깔끔하게 잘렸다면 모르겠다.

그러나 진조월의 파검에서 피어나는 무형의 검

기형(劍氣形)은 날카롭지 않고 오히려 투박한 톱날처럼, 맹수의 이빨처럼 울퉁불퉁했다.

천하에 이와 같은 검기공(劍氣功)은 찾아보기 힘들다.

과거 철혈성이 거둬들인 무수한 마도검학(魔道劍學) 중 하나이며, 백여 년 전 마도오대검공(魔道五大劍功)으로 손꼽혔던 잔혹함의 대명사.

상처만 입어도 늑대가 물어 뜯어낸 것처럼 고통이 극에 달하고 시신조차 온전히 구할 수 없다는 반천(反天)의 귀검 혈랑검결(血狼劍訣)이었다.

파검에서 솟구치는 검경이 기이하게 휘어지고 찔러지며 검수들의 몸에 끔찍한 자상을 남겼다. 그렇게 내각의 호위를 담당하는 일류검사들이 무더기로 쓰러진 시간은 차 한잔을 마실 시간도 되지 않았다.

그토록 많았던 검수들이 사지가 잘리고 내장을 드러내며 고통에 몸부림쳤다.

차라리 일검에 목을 땄다면 고통이라도 당하지 않았을 터.

진조월의 검은 그들의 목숨을 함부로 앗아 가지

않았다. 죽을 때까지 육체의 고통 속에서 몸부림 치도록 검의 힘까지 조절하는 여유가 있었다.

과거의 일에 연류가 되지 않았던 검수들은 이미 심장이 쪼개져서 황천으로 갔지만, 연류가 되었던 모든 검수들이 내장을 드러내고 팔다리를 부여 쥔 채 눈을 까뒤집으며 고통의 바다 속에서 허우적댔다.

그러나 그 여유는 잔혹함과 공포의 이름으로 대신 된다.

기정서는 자신도 모르게 검을 떨어트렸다.

완벽한 굴복.

자신이 무슨 짓을 해도 이길 수 없는 상대가 눈앞에 있었다. 죽음을 각오하고 덤벼도 상대의 옷깃하나 건드릴 수 없을 것이고, 되레 처참한 인생의 종말을 고하게 될 것이다.

무사의 혼이니 기백이니 하는 말 따위는 애초에 통용되는 상대가 아니었다.

기백에서 상대가 되지 않았고 무학의 경지에서 비교가 되지 않았다.

진조월의 검이 허공을 가르자 기정서의 몸이 옆으로 넘어갔다.

"크아악!"

양 발목이 잘린 고통에 그는 벌벌 떨었다.

그러나 지풍(指風)을 날려 지혈해 버린 진조월이었다.

과다출혈로 죽을 일은 절대로 없을 것이다.

진조월은 기정서의 앞에 서서 차갑게 웃었다.

새하얀 이빨이 드러나는 웃음이었다.

그래서 더욱 무섭다. 웃음은 웃음이 아니라 살기였다.

"빚을 한번 받아 내볼까?"

기정서의 눈에 공포가 어릴 그때.

"이노옴!"

더욱더 깊은 곳, 문주와 장로들이 기거하는 곳에서 수많은 인영이 튀어나왔다.

화려한 장삼을 입은 초로인과 그 뒤에 시립한 노검수들, 그리고 그들의 뒤에 시립한 첨예한 기도의 고수들까지.

실질적으로 오상검문을 대표하는 진짜 고수들이 나타난 것이다.

호위의 문제가 아닌, 상대를 죽이고 탈취하기 위해 태어난 전투에 특화된 검귀들과 노고수들이 그들이었다.

가장 중앙에 서서 노화를 피워 내는 초로인을 보며 진조월의 살기가 발작적으로 폭발했다.

화아아악!

차가우면서도 뜨거운, 도무지 함께 어울리지 않는 상반된 바람이 그들에게 불어 닥쳤다.

이전의 살기가 초월적이었다면 지금의 살기는 파멸적이다.

그 말도 안 되는 기세에 나타난 고수들이 힘을 짜내며 대항했지만, 이미 한 개개인이 이길 수 있는 상대가 아니었다.

초로인, 오상검문의 문주 노악(爐岳)이 침중한 표정으로 진조월을 바라보았다.

"자네는 누구이기에 이곳에서 패악을 일삼는가?"

"패악?"

그렇다. 이것은 패악이었다.

사람이 사람을 죽이는 일은 당연히 패악이라 불리어도 마땅하리라.

그러나 진조월은 오늘 제대로 패악을 부릴 작정이었다.

삼　년　동안　단　한시도　잊지　않았던　수많은　사람들　중　한　명이　눈앞에　있었다.

　진조월이　하얗게　웃었다.

　광기　어린　그의　웃음에　나타난　고수들은　소름이　끼치는　걸　느꼈다.

　"삼　년　전에　빚을　받으러　왔다."

　"삼　년　전?"

　"기억이　나면　나는　대로,　나지　않으면　나지　않는　대로　밟아　주겠다.　일단　죽일　놈들부터　다　죽이고,　당신은　나와　따로　대면할　일이　있을　거야."

　진조월의　몸이　한　자루　검으로　화하여　정면으로　치고　나왔다.

　빛살과도　같은　속도였고,　막을　수　없는　강함이었다.

　노악의　안색이　창백해졌다.

　항거할　수　없는　기세였다.

　"모두　막아라!"

6.

오왕집결(五王集結)(3)

도심가를 가르고 갈라 폭풍처럼 나아가는 네 개의 인영이 있었다.

달리는 것이 아니라 말 그대로 나는 수준으로 경공을 펼치는 이들이었다.

그들의 속도는 말 그대로 번개와 같았고, 몸놀림은 바람보다도 자유로웠다. 그러나 어쩐지 묘한 급박함에 물든 그들이었다.

지붕과 지붕을 뛰어넘어 단박에 도착한 그들은 참혹한 광경에 몸을 떨어야 했다.

절강제일검문으로 혁혁한 명성을 세운 오상검문이 외부에서부터 무너졌다.

커다란 대문은 두터운 자단목으로 만들어졌으나 산산조각이 난 채로 흩날렸고, 불에 타서 시커멓게 쓰러진 전각들이 눈에 보인다.

이미 수많은 범부들이 주위에 서성이며 오상검문의 피폐함을 두고 수군대고 있었다.

"설마?"

네 명의 왕들은 지체 없이 안으로 들어섰다.

그렇게 드러난 참상.

수많은 검수들이 시체조차 온전한 상태가 아닌 모습으로 사방에 쓰러져 있었다.

검으로 베인 것이 아니라 거의 화포(火砲)에 준할 만한 장법(掌法)의 장력으로 목숨을 잃은 것이다.

바닥은 마치 거대한 괴물이 앞발을 휘둘러 자국을 낸 것처럼 기다란 다섯 개의 도랑이 만들어졌는데 검수들의 피가 그곳에 고여 있었다.

단순히 밀려난 것이 아니라 사방으로 뒤틀렸다가 집채만 한 바위로 압사를 당한 듯 시체는 짜부라지고 여기저기 터져 있었다.

참혹한 광경이었다.

백성곡이 침음을 흘리며 중얼거렸다.

"오행굉렬포(五行轟裂砲)에 압벽장(壓劈掌)……."

백여 년 전, 역사를 뒤져도 찾아보기 힘든 마도 무리가 단체로 부활하면서 선보였던 패도적인 장법절기 굉렬포와 말 그대로 태산 같은 기세로 상대를 압사시켜 버리는 괴이절륜한 장공 압벽장까지 나타났다.

둘 모두 마도십대장공(魔道十大掌功) 중 최상위에 오른 무학들이었다.

단기중이 당무환에게 떨떠름한 기색으로 물었다.

"오왕 선배의 후인, 그러니까 당대 오왕은 철혈성주의 제자가 아니라 멸망한 마도 무리의 후예 아닙니까? 이 정도 파괴력이라면 두 개의 장공 모두 대성에 가깝도록 익힌 것 같습니다."

당무환의 얼굴도 굳어졌다.

"아닐세. 철혈성주가 그에게는 자신의 진짜 절학을 가르치지 않았다고 했네. 철혈성이 세워지면서 잊혔던 무학들을 대거 수거했었는데, 당대 오왕은 철혈성 본래의 무학보다 그것에 흥미가 가서 마도 무학을 주로 익혔다고 했었지. 그렇게 생각하니 그 역시 커 가면서 성주에게 반발이 있었다는 뜻이기도 하지. 중립을 선포했다지만 어쨌든 철혈성 역시 대외적으로는 정(正)에 가까웠으니까."

그는 주변을 둘러보았다.

파괴의 현장이었다. 그리고 광기의 현장이었다. 앞뒤 가리지 않고 모조리 부숴 버린 이곳은 전장을 방불케 했다.

"하지만 이해할 수 없군. 그가 강해진 건 알고 있었지만 이 정도였단 말인가? 그 짧은 새에 어찌 이토록 강해질 수 있단 말인가?"

답해 줄 수 있는 사람은 아무도 없었다.

그들은 시체들에게 애도를 표하며 다시 내성으로 들어갔다.

내성으로 들어간 그들은 더 이상 말을 할 수가 없었다.

외곽이 무너져 내린 그곳 역시 충분히 참혹했다. 사람이 죽은 현장이야 어찌 잔혹하다 아니 말할 수 있겠냐만은, 파괴와 광기 속에서도 악의만큼은 없었다.

그러나 이곳은 달랐다.

살기와 악의, 추악함과 괴이함으로 범벅이 된 현장에, 강호 경험이 남다른 네 명의 왕들조차도 안색이 파랗게 질려 버렸다.

그들 역시 수많은 피를 보았던 이들.

지옥에서 기어 올라온 전적이 있었지만, 이렇게 잔혹한 광경은 처음이었던 것이다.

수많은 검수들이 사지조차 온전히 유지하지 못한 채로 고통에 신음하고 있었다.

죽은 이들도 많았지만 아직까지 목숨줄을 끊지 못해 꿈틀대는 이들이 태반이었다. 창자가 드러나고 팔다리가 잘려 신음하는 이들, 인세에 지옥도가 펼쳐진 것이다. 범부가 보았다면 당장 졸도할 만한 광경이었다.

단순히 참혹하다는 말로도 표현이 불가하다.

특히나 무도가 경지에 이른 네 명의 왕들은 시체와 꿈틀대는 폐인들의 몸에 새겨진 악의와 살기를 확연히 볼 수 있었다.

임가연이 몸을 덜덜 떨며 중얼거렸다.

"어찌 사람이……."

별호가 살왕인 임가연이었다.

악인을 처단함에 있어 지옥의 수라보다도 무섭

다고 명성이 자자한 그녀였다. 그러나 그녀도 이렇게까지는 할 수 없었다. 스스로 사람임을 버리지 않고서는 이런 현장을 만들어 낼 수 없다.

그때 으아아! 하는 소리가 울려 퍼졌다.

그들은 소리가 난 진원지로 다시 달려갔다.

주위로 끔찍한 광경들이 연이어 나타났지만, 그들은 눈조차 돌리지 않았다.

보는 것만으로 정신이 피폐해질 것만 같은 위기감 때문이었다.

이미 인간의 한계를 넘어선 그들의 정신이 흔들릴 정도라면 이곳의 참상이 얼마나 끔찍한지 능히 상상할 수 있으리라.

마침내 오상검문 내성 가장 깊은 곳에 도달한 그들.

단기중이 주먹을 꾹 쥐었다. 당무환의 얼굴은 푸들푸들 떨렸고, 백성곡의 눈은 더없이 침중하게 가라앉았다.

문주가 기거하는 거대한 건물 전면에는 한 명의 초로인이 수많은 검에 찔려 벽에 박혀 있었다. 마치 박제를 보는 듯하다.

하지만 단순한 박제는 아니었다.

피부가 다 벗겨지고, 눈알이 빠졌으며, 혀까지 뽑힌, 살아 있는 시체라고 보는 게 더 맞으리라.

몸을 덜덜 떠는 것을 보니 그 상태에서도 죽지 않은 모양이다.

평범한 사람이라면 열 번은 죽어도 이상하지 않을 상세임에도 초로인은 죽지 않았다.

그리고 초로인의 아래에는 시커먼 장포를 펄럭이는 한 명의 사내가 있었다.

서늘한 겨울의 한풍이 그의 옷깃을 거침없이 건드렸다. 달빛에 드러난 한쪽 얼굴에는 피로 얼룩졌다. 다만 손에 쥔 파검에는 피 한 방울 묻지 않았음에, 요사한 귀기(鬼氣)가 물씬 풍겼다.

까아악 하는 울음과 함께 커다란 까마귀가 날갯짓을 하며 그의 어깨에 내려앉는다.

임가연은 자신도 모르게 숨을 멈추었다.

참혹한 광경 속에서 홀로 서 있는 그의 모습은 참으로 어울리지 않게도, 아름다우면서도 서글퍼 보였다. 차가움과 권태가 뒤섞인 눈은 달빛을 쳐다보고, 꼿꼿하게 선 뒷모습에서는 한 점의 패기도 느껴지지 않았다.

하얗기도, 파랗기도 한 달빛은 그와 까마귀를

비추었다.

흘러가는 구름도 달 주위에만 맴돌 뿐 감히 가까이 하질 못했다. 오로지 그 한 명만이 이곳에 존재하는 듯했다.

주변에서 흘러나오는 미약한 신음들도 피비린내 진동하는 섬뜩한 광경들도 그의 서글픔을 무너뜨리지 못했다.

강한 자는 아름답다.

하지만 잔인한 사람도 아름다울 수 있음을 네 명의 왕들은 눈으로 보고 깨달아야 했다.

설령 대명제국의 황제가 온다한들 지금의 그를, 불행을 끌고 다니는 까마귀의 왕[烏王]을 건드릴 수 있을까.

퇴폐와 잔혹, 광기와 살의, 파멸과 소멸을 한 몸의 담은 그가 자신의 이름처럼 달빛의 비춤을 받아 내었다.

스르릉.

탁!

반으로 뚝 부러진 파검을 납검(納劍)한 진조월이 등을 돌려 네 명의 왕들을 바라보았다.

무너져 버린 오상검문 안.

마침내 만월지란을 이끌었던 네 명의 왕과 오왕의 후예, 당대 오왕이 만났다. 살아 있는 총 다섯 명의 왕이 모두 집결한 것이다.

신년(新年), 일월의 스무날 밤이었다.

*　　　*　　　*

여설옥은 한숨을 내쉬었다.

그녀는 자신의 앞에서 꼿꼿이 앉은 사제를 바라보았다.

철혈성 내, 최고의 기재라는 평가를 받은 그녀의 사제는 그 재능의 특출남이 능히 백년지재(百年至才)라 할 정도로 대단하여 이제 스물의 나이로 자신에 육박하는 무력을 쌓아 낸 천재.

항상 어린 줄 알았던 사제도 성인이 되었고, 무인으로서 살상을 임함에 망설이지 않게 되었다.

외관 역시 참으로 수려하여 헌헌장부라 불리기에 부족함이 없이 큰 것이다.

여설옥은 아쉬웠다.

제영정의 갈 길을 막을 수 없는 자신의 처지가

아쉬웠다.

작정하고 막아 낸다면 충분히 막아 낼 자신도 있고, 그럴 위치도 되었지만 그녀는…… 그럼에도 막을 수 없었다.

"정녕 그렇게 하고 싶은 것이냐?"

제영정의 표정은 흔들림이 없었다.

"그렇게 하고 싶습니다."

"어찌하여 그런 생각을 하게 되었는지 물어봐도 되겠지?"

젊은 청년고수의 눈이 살짝 흔들렸지만 금세 다잡았다.

그는 여설옥의 눈을 바라보며 천천히 입을 열었다.

"그는 내게 말했습니다. 강호를 살아감에 있어 가장 중요한 것은 천하를 오시할 무력도 아니고, 세력의 막강함도 아닌, 자신의 눈으로 보지 않은 것이라면 일단 의심부터 해 볼 고약성을 갖추는 것이라고……. 저는 그 말이 무엇인지 생각해 보았습니다."

"……."

"처음에는 부정했습니다. 사문의 배덕자가 하는

말 따위, 전부 난삽한 소리에 불과하다고 귀를 닫았습니다. 그러나 침상에 누워 내상을 치료하는 와중에 많은 생각을 하게 되었습니다. 강호는 무서운 곳이며, 귀계(鬼計)가 난무하니 친혈육과 사제지간이 아니라면 절대 믿지 말라고 스승님께서 말씀하셨습니다. 그렇다면 그가 말했던 것 역시 다르지가 않습니다. 저는 정녕 그것이 어떤 뜻인지, 과거에 어떤 일이 있었는지, 제 눈으로 직접 보기 위해서 나설 것입니다."

"흔들리고 있구나."

"그렇습니다. 흔들리고 있습니다."

일단 부정부터 하고 보리라 생각했던 여설옥은 눈을 크게 떴다.

제영정의 얼굴에 피곤함이 떠올랐다.

"스승의 은혜는…… 가히 낳아 주신 부모의 은혜와 같다고 할 수 있습니다. 군사부일체(君師父一體)라는 말이 어찌 나왔겠습니까? 하나 저는 제가 흔들리고 있다는 현실이 무섭습니다. 지금 와서 마냥 누군가를 믿을 수도 없을 것 같습니다. 이럴 바에야 제가 직접 알아내 보렵니다. 그를 따라다니며 그가 어떤 생각을 했는지, 과거에 무슨 일이 있었는지, 그의 말이 옳다면 스승님께서는 왜 그를 사문의 배덕자로 몰았는지, 사문의 배덕자라는 오명을 썼으면서도 왜 풀지 않으려 하는지…… 모든 것을 알아낼 것입니다."

현실을 직시하고 파헤치려는 사제의 모습은, 피곤해 보일지언정 눈이 부실 지경이었다.

마냥 어리게만 생각했던 사제는 비록 혼란의 한가운데에 서 있었지만 비할 데 없이 성숙한 모습으로 자신에게 말하고 있었다.

여설옥은 탄식했다.

"네가 나보다 낫구나. 나는 내 속도 제대로 바라보지 못하고 있었는데, 너는 이미 생각을 정리하고 나아갈 길조차 모색하는 장부가 되었구나. 사제 앞에서 내 너무나 부끄럽다."

"그런 말씀하지 마십시오, 사저. 사저의 성품이 따스하기 때문이라 생각합니다. 저는 사저처럼 착한 놈이 되질 못하여 뒤죽박죽된 현실을 버티기가 힘듭니다. 그래서 그렇습니다."

제영정은 살짝 입술을 깨물다가 다시 말했다.

"솔직히…… 저는 떨렸습니다. 그리고 바랐습니다."

"무슨 말이냐?"

"사문의 배덕자. 철혈성에서 알리고 싶지 않았던 패륜아. 스승의 은혜를 저버리고 사형제들의 믿음을 배반한 최악의 제자. 저는 어릴 적 그를 상상하면서, 아무리 사람이 바뀌어도 그런 무도한 이가 될 수 없다고 생각했습니다. 그를 처단하고자 했지만 막상 만날 때는 그동안 보지 못했던 그의 모습을 보며 흔들렸습니다. 믿고 따랐던 이라서 더 그랬을지도 모르지요. 그리고 마음 한편으로는 이런 생각을 했습니다. 그는 절대로 배덕자가 아니다. 뭔가가 잘못되었다. 그리…… 생각했습니다."

제영정의 눈에서 기어이 한 방울의 눈물이 떨어졌다.

"제가 어리석은 건지, 과거에 집착을 하는 건지 모르겠습니다. 이 상태가 지속되면 더는 더 이상 삶을 살아감에 있어 누구도 믿지 못하고 누구도 배려하지 못할 것입니다. 험한 강호에서 아무도 믿지 말라 하지만, 믿음이 없는 삶이 어찌 삶이라 하겠습니까? 저는 그를 통해서 다시 믿음의 기준이 무엇인지, 누구를 믿어야 하는지, 어떻게 믿어야 하는지, 근본적으로 믿음이라는 것이 뭔지를 깨우치고 싶습니다."

여설옥은 한숨을 내쉬었다.

제영정은 자신이 착하지 못해 그렇다고 하지만, 진짜 착하고 여린 사람이기에 이런 말도 할 수 있는 것이다.

독한 사람이 착할 수 없는 것인가?

그렇지 않다. 반대로 착한 사람도 충분히 독해질 수 있는 것이다.

제영정은 독해지려 한다.

동시에 삶의 기준을 세우려 하고 있었다.

그 자신의 이정표를 새로이 만들려 한다. 그 누군가의 도움 없이 오직 자신의 손으로.

애벌레가 번데기가 되어 나비로 변화하는 것처럼 그 역시 번데기에서 꿈틀대고 있는 중이다.

"성에 보고는 할 것이냐?"

제영정은 멈칫 했다가 고개를 저었다.

"예가 아니고 법이 아님을 알지만 그러지 않겠습니다. 바로 귀환 명령이 떨어질 것이 자명합니다."

"너에게 큰 형벌이 떨어질 수도 있다."

"그것도 감수하지 않는다면 전 진실을 볼 자격이 없습니다. 설령 당장 죽어도 나는 진실을 들여다보고 싶습니다."

참으로 멋지게 큰 사제였다.

여설옥은 그런 그가 부럽고 안타까웠다.

조금은 질투가 나기도 했다. 하지만 그 또한 기분 좋은 질투일 것이다.

그녀는 네 자루의 검이 꽂힌 커다란 검갑을 어깨에 매었다.

"그렇다면 말이 나온 김에, 출발하자."

제영정의 눈이 의아하게 변했다.

"사저……?"

여설옥은 피식 웃었다.

"어찌 불안하게 사제만 강호로 내몰 수 있단 말이냐? 나 또한 그를 보면서 진실이 무엇인지 한번 보련다."

"사저!"

"말릴 생각은 하지도 말아라. 성에 예와 법도가 있다면 사람이 살아오면서 쌓인 근본적인 예와 법도도 있는 것이다. 나는 사저로서 널 지킬 의무가 있다."

이치에 벗어난 이야기였다.

그러나 제영정은 그녀에게 아무런 말도 할 수
없었다.

한 번 결정하면 절대로 뒤돌아보지 않는 그녀의
성격을 알기 때문이며, 그녀 역시 자신처럼 배덕
자의 진실을 확인하고 싶어 한다는 것을 깨달았기
때문이다.

"가자. 그리 멀리 가지는 못했을 것이다."

* * *

다섯 명의 왕이 한 객잔에서 모였다.

당무환은 서호신가에 갔다가 부득이 불참되었음
을 알리고 돌아왔다.

그때까지 만월지란을 이끌었던 왕들과 당대 오
왕은 아무런 말도 없이 자리에만 앉아 있었다.

서로 할 말도 많고 묻고 싶은 말도 많을 것이
다.

그러나 그들은 침묵했다. 그 이유는 당연하게도
진조월 때문이었다.

마치 영혼을 잃은 듯, 슬픔에 젖은 듯 힘이 없

는 진조월은 의문도 제기하지 않은 채 그들이 가자고 한 이곳까지 도달했다.

자리에 앉은 진조월은 가만히 창밖을 보며 멍하니 있었다.

아직 닦지도 않은 피가 그의 얼굴의 반을 덮었지만, 그것이 묘하게도 추하게 보이지 않았다.

차가운 눈동자를 빛낸 사람이지만, 그 속에도 슬픔과 권태는 들어있는 것인가.

창틀에 앉은 까마귀는 가만히 앉아 진조월에게만 시선을 집중했다.

탁자에는 이미 서너 개의 안주가 식고, 아직 따지도 않은 술병 다섯 개가 가지런히 놓여 있었다. 누구도 잡지 않았고 누구도 뭐라 하지 않았다.

질식할 듯한 침묵 속에서 가장 먼저 입을 연 사람은 칠왕수좌, 투왕이라 불리던 백성곡이었다.

"오늘 하루 만에 반가운 얼굴들도 많이 보고 놀라운 광경도 많이 보는구먼. 일단 인사부터 하지. 나는 백성곡이라는 사람일세."

진조월의 힘 빠진 눈은 천천히 백성곡에게 돌아갔다.

그는 한참이나 백성곡을 쳐다보다가 툭 말했다.

"진조월이오."

단기중의 이마에 핏줄이 돋았다.

아무리 생각해도 까마득한 선배에게 할 만한 말
투가 아니었던 것이다. 임가연 역시 비슷한 심정
이었는지 투명한 눈으로 진조월을 노려보았다.

두 명의 고수가 노려보고 있음에도 진조월의 표
정에는 한 점의 변화가 없었다.

단기중은 콧방귀를 뀌며 말했다.

"단기중이다."

"임가연."

각기 이름을 말한 그들의 심사는 과히 좋지 못
했다.

일단 오왕의 후예, 당대 오왕이라는 작자의 손
속이 지나치게 잔인함이 못마땅했다.

물론 사람마다 사정이 있을 수는 있지만 도저히
사람이 저지를 수 없는 짓을 태연히 저지른 자와
함께 일을 도모해야 함이 마음에 들지 않았던 것
이다.

더군다나 선배들을 보았음에도 뻣뻣한 그의 태
도도 마음에 들지 않았다.

자신들에게라면 모르지만, 백성곡은 나이가 칠

십이 넘은 노고수로 실상 전대 고수라는 소리를 들어도 부족함이 없을 나이였다. 한데 어찌 서른 이나 먹었을 법한 작자가 이리도 예의 없게 굴 수 있단 말인가.

백성곡이 강호에 나와 고수로 명성이 높았을 때도 진조월은 엄마 뱃속에 있었을 터였다.

단기중은 속으로 탄식했다.

'오왕 선배. 당신은 어찌 무재(武才)만 보고 심성을 보지 않았단 말입니까. 이 녀석은 너무 위험합니다.'

차마 입 밖으로 말할 수는 없었다.

그러나 그의 심정을 임가연도 백성곡도 당무환도 느낄 수 있었다.

어색한 분위기가 주위를 장막처럼 뒤덮었다.

오왕의 집결이 이런 분위기가 될 줄 상상도 못했던 그들.

백성곡은 고개를 한 번 끄덕이고는 술병을 들었다.

"일단은 한 잔 받지. 술을 시켜 놓고 너무 무게들만 잡았구먼."

각자의 잔에 한 번씩 따라 주었던 그는 자신의

술잔도 채운 후 술잔을 들었다.

"이렇게 된 것, 다들 할 말이 많으리라 생각하네. 어색한 분위기는 술기운을 빌어 날려 보내고 대화를 시작하세나. 한 잔 하지."

술잔이 부딪쳤다.

뜻밖에도 진조월은 술잔만큼은 호쾌하게 비워냈다.

그는 마시자마자 다른 사람의 잔에도 술을 따르고, 자신의 잔에도 가득 채웠다.

극공의 예를 갖춘 모습은 아니었지만 첫 만남에서 무례하다는 소리는 듣지 않을 만큼의 확실한 예의는 지킨 모습이었다.

그의 행동은 상당히 뜻밖이었다.

네 명의 왕들은 도무지 종잡을 수 없는 진조월의 성격에 당혹스러운 표정이었다.

당무환만은 그의 성격을 조금 아는지 고개를 끄덕였다.

"여전히 주도(酒道)는 확실하구먼."

진조월의 서늘한 눈이 당무환을 향했다가 다시 창밖으로 돌아갔다.

그러곤 툭 내뱉는다.

"인간의 내면을 볼 수도 있는 자리니까. 최소한의 예의는 지켜야 한다는 게 내 생각이오."

독특한 관점이었다.

당무환은 클클 웃으며 잔을 넘겼다.

그러고는 다시 진조월에게 잔을 내밀었다.

진조월은 흘낏 그를 바라보다가 예의 있는 행동으로 술을 따랐다.

위험하면서도 신비한 사내였다.

백성곡은 살짝 웃으며 그에게 말을 걸었다.

"광야종을 이었다고 들었네."

진조월은 고개를 끄덕였다.

"실력을 보아하니 능히 오왕의 후예로서 부족함은 없을 듯하네. 전대 오왕에게 들어서 알고는 있을 것이고…… 자네의 목적에도 부합이 된다고 들었네."

목적의 부합.

어딘지 서글프고 권태롭기까지 했던 진조월의 눈빛이 다시금 차가운 광채를 발했다. 거의 맹목적이라는 단어가 어울릴 정도로 철혈성에 대한 그의 원한과 증오는 광적이었다.

"그렇소."

"이야기는 차차 뒤에서 하기로 하지. 오왕의 최후는 어떠했나."

당무환은 이미 보아서 알았지만 그럼에도 슬픈 감정을 숨기지 못했다.

단기중과 임가연 역시 침중한 기색이었다.

오왕은 비록 광야종의 무맥(武脈)을 이어 살벌하리만치 광기 어린 무공으로 피를 보았지만, 적어도 선악의 경계를 명확하게 하였고, 사석에서는 인의예지를 확실하게 지킬 줄 아는 군자였다.

나이도 당무환과 차이가 없어 단기중과 임가연은 그를 큰형 대하듯 했었다.

오왕이 언급되자 진조월의 얼굴에도 한줄기 슬픔이 떠올랐다.

어찌 보면 복수의 힘을 준 사람이었다.

그것이 옳다, 그르다를 떠나 무인답게 살 수 있는 힘을 건넨 은인인 것이다. 오왕 역시 후인으로서 적합하다 생각했으니 이해관계 속에 이루어진 힘의 전이였지만, 진조월에게도 한없이 특별한 사람일 수밖에 없었다.

나름의 목적이 있었어도, 자신의 목숨과 혼을 바쳐서 자신을 살린 사람이다.

어찌 특별하지 않을 것인가.

"그분은…… 웃으면서 가셨소."

진조월과 당무환을 제외한 나머지 세 명은 탄식을 토했다.

천하를 어지럽힐 수 있는 철혈성주의 계책을 망가트리기 위한 비밀결사로 이루어진 동료들이었다.

오왕은 끝까지 진조월을 믿었을 터이고, 그를 살리면서 동시에 성주의 야망을 저지할 수 있다는 확신에 웃으며 떠났으리라.

기어이 단기중과 임가연의 눈에서 눈물이 흘렀다.

"선배! 크흐흑."

단기중은 탁자에 얼굴을 묻고 오열하였다.

저 멀리서 그가 싱긋 웃는 것 같았다.

자리의 분위기는 침울하기 짝이 없었다.

백성곡의 눈에도 습막이 찼지만 그는 결코 울지 않았다.

"웃으면서 갔다 하니, 그것으로 되었다. 몸이 부서지고 혼이 쪼개지는 고통 속에서도 그는 행복하게 갔을 것이다. 먼저 저승으로 떠난 세 명의 왕을 위해서라도 우리는 기필코 철혈성주의 야망을 저지해야만 할 것이다."

당무환은 나직이 한숨을 쉬었다.

"이번이 마지막이 될 것입니다."

"그럴 것일세. 마지막 일전이 되겠지. 그렇기에 더욱 치열하고 악랄한 싸움으로 번질 것이야."

한동안 정적이 주위를 감쌌다.

아무리 기쁘고 흥겨운 자리로 만들려고 해도 그럴 수가 없었다.

이 술자리는 먼저 가 버린 오왕의 대한 애도의 술자리였고, 새로이 오왕으로 등극한 진조월과의 유대를 가질 술자리였으며, 앞으로 철혈성을 상대하기 위한 효시(嚆矢)가 쏘아지는 자리가 될 것이다.

그들은 묵직한 분위기 속에서 잔잔한 이야기를 나누었다.

*   *   *

남궁소소는 가만히 검을 꺼내었다.

은은하게 푸른색으로 빛나는 검은 단단하면서도

예리했다.

고아하게 치장이 된 그녀의 검은 그녀가 열일곱이 되던 해에 그녀의 아버지가 선물로 준 보검(寶劍)으로써 남궁가(南宮家)에 보관이 된 십대보검(十大寶劍) 중 하나였다.

남궁가의 검술은 웅장하고 강렬하기로 유명했다.

대가 거듭되면서 발전해 온 그들의 검은 변칙적인 박자와 변화는 내버려 둔 채 강렬하고도 빠른 것을 좇아 이내 장중함으로까지 승화시킨 일절(一絶)의 무학으로 이름이 높았다.

특히나 이백 년 전, 남궁세가 역사에서도 최고의 검객이라 칭해지는 선조(先祖) 남궁공(南宮公)이 말년에 창안했던 창천무애검법(蒼天無涯劍法)과 가주비기(家主秘技) 제왕검형(帝王劍形)은 기나긴 강호의 역사에서도 손가락 안에 꼽히는 검법총화로 유명하였다.

객당의 연무장에 선 그녀는 천천히 검을 휘둘렀다.

단련이란 장소가 안 된다 하여 무를 수 없는 법.

그녀는 전형적인 검사였고, 남북십걸 중 한 명이었으며, 가문의 명예를 위해서라도 게을리 할 생각이 없었다.

아무렇게나 휘두르는 것 같으면서도 묘한 형(形)이 살아나는 그녀의 검은 어느 순간부터 빠르고 격렬하게 변했다.

발은 움직이지 않고, 상체의 탄력과 팔만 휘둘러 펼쳐 내는 검식이었다.

남궁세가의 하위무사들조차 배우는 기본검공이었으나 그녀의 검은 확실히 특별한 데가 있었다.

자유로우면서도 세밀하다. 마치 허공에 그물을 그리는 것 같았다.

그렇게 무려 반 시진 동안이나 펼쳐 낸 검이었다.

복습하고 또 복습하며 가상의 상대와도 결전을 터 버리는 남궁소소였다.

그녀의 검을 보면, 도무지 스물의 나이에 깨우칠 만한 검학으로 보이지가 않았다. 그만큼 수준이 높았고 깨달음의 깊이가 남달랐다.

흔히 말하는 천재.

태생적으로 남성보다 무학을 배우기 적합하지

않은 여성이지만, 그러한 여성의 한계마저 극복할 정도로 대단한 무골이었다.

나아감에 치우치지 않고 물러설 때는 재빠르게 물러설 줄 아는 검은 자유와 제동(制動)의 묘리가 생생하게 살아 있었다.

짝짝짝.

어디선가 박수 소리가 나왔다. 남궁소소는 검을 거두고 소리가 난 곳을 바라보았다.

그곳에는 당무환이 있었다.

담벼락에 앉아 손뼉을 치는 그의 모습은 자유로운 바람을 닮았다.

"네 나이가 이제 신년이 되었으니 스물하고도 하나구나. 스물하나의 나이로 검학의 경지가 그 정도면, 이놈아 서른이 되기도 전에 나에 육박하겠다."

사제지간이 아닌 바에야 남이 하는 수련을 훔쳐보는 것은 예의가 아니었다.

하지만 당무환은 당당했고, 남궁소소 역시 개의치 않은 모습이었다. 아니, 조금은 부끄러운 기색이었다.

"과찬이세요. 아직 한참이나 멀었죠."

"인정하지. 멀긴 멀었어. 하지만 길이 올곧고 형이 자유로워 발전의 속도가 대단히 빠르겠다. 부디 게을리 하지 말고 정진 또 정진하거라. 빠른 시일 내에 큰 성취가 있으리라."

"숙부님의 말씀, 가슴에 새기겠습니다."

당무환은 담벼락 그림자로 눈을 돌려 물었다.

"자네가 보기에는 어떤가? 내 질녀, 제법이지 않나?"

남궁소소는 이곳에 누가 또 있을까 싶어 주변을 두리번거리다가 그 그림자를 보았다.

담벼락의 그림자 속 한 명의 사내가 있었다.

시커먼 옷을 입은 사내.

가만히 팔짱을 끼고 투명한 눈빛을 보내는데 당무환이 말을 걸지 않았다면 그곳에 있는지도 몰랐을 것이다.

남궁소소는 충격을 받았다.

누군가가 자신의 검술을 훔쳐봐서가 아니라 자신이 기척을 잡아내지 못할 정도의 고수라는 사실이 충격이었다.

당무환이야 이미 강호에서 내로라하는 고수였으나 저 젊은 사내는?

'막간산에서 본 그?'

산 전체를 떨어 울렸던 살기의 주도자.

차갑기가 말도 못할 정도인지라 말조차 건네지 못했던 사내였다. 한데 그가 어찌하여 숙부와 함께 나타난 것인가?

그녀가 혼란과 의문으로 어지러울 때 진조월은 남궁소소의 검을 보며 순수하게 감탄하고 있었다.

'대단하다. 저 정도면 제영정에 비해 절대로 뒤지지 않을 것 같은데. 오히려 형의 자유로움에서는 한 수 더…….'

제영정 역시 백년지재라는 말이 어울릴 정도로 천재 소리를 듣던 아이였다.

그럼에도 각고의 노력을 기울였고, 정진에 게을리 하지 않았을 것이다. 한데 남궁가의 여아 역시 그에 비해 모자라지 않다. 자신이야 여러 인연도 있었으니 제한다 하더라도, 세상에는 참으로 인재가 많다는 생각이 들었다.

하지만 정작 입으로 나온 그의 평가는 박했다.

"자유로우면서 강하고, 동시에 바른 검이오. 이대로만 나아간다면야 오 년 이내로 일정 이상의 경지를 구축할 터이니 그때 가서는 문제가 되지 않겠지만, 당장 비슷한 수준의 고수를 만난다면 힘 한번 써 보지 못하고 무너질 게 자명하오. 비무라면 모르되, 피 튀기는 전투에선 써먹기 힘들 거요. 실전의 부재가 치명적이군."

다른 걸 떠나서 듣는 사람 배려하지 않는 말투였다.

당무환은 멋쩍게 웃었고 남궁소소의 눈동자는 살짝 싸늘해졌다.

진조월은 가만히 한숨을 쉬고 등을 돌렸다.

"난 이만 들어가겠소."

"그러게나. 함께 봐 준다고 고생 많았네."

그는 휘적휘적 그림자 속으로 사라졌다.

남궁소소는 불쾌한 얼굴로 진조월의 뒷모습을 바라보다가 툭 내뱉듯 말했다.

"저 남자는 왜 여기에 있죠?"

말투가 썩 곱지는 못했다.

당무환은 껄껄 웃었다. 젊은이의 치기는 가끔 말도 안 되는 황당함을 선물하지만 그 혈기의 생생함은 나이 먹은 사람에게 유쾌하게도 다가오는 법이다.

그것이 자신의 질녀라면·더하리라.

"나와 함께할 일이 있어 불렀다."

"얼마나 실력이 대단한지 모르지만 역시나 무례하네요."

남궁소소는 솔직했다. 심기가 그만큼 상했다는 의미이리라.

당무환은 고개를 저었다.

"너무 자존심 상해하지는 말아라. 적어도 이 숙부에 준할 만한 사람이다."

'실전에서라면 오히려 내가 부족할지도 모르지.'

차마 그 말까지는 못하겠다.

자존심이 상해서가 아니라 자신을 낮추면 남궁소소가 혹시라도 상처를 받을까 걱정되었기 때문이다.

진조월의 나이 서른이었으니 남궁소소보다 한참이나 많았지만, 그래도 굳이 연배를 비교한다면 남궁소소와 비슷하다고도 볼 수 있다.

그런 사람을 너무 띄워 주면 쓸데없는 자존심까지 다 상하리라.

남궁소소의 고개가 번개처럼 당무환에게 다가갔다.

"저 사람이 그렇게 강하다고요?"

"왜? 믿기지 않으냐?"

"어떻게……?"

"세상에는 양지보다 음지에서 벌어지는 암투가 더 위험하듯, 숨은 고수들도 모래알처럼 많은 법이다. 저 남자도 바로 그러한 경우라고 할 수 있다. 더군다나 내 전에 말했듯 전장에서 그리 혈투를 벌였으니 전투하는 법은 완전히 꿰찼다고도 할 수 있지."

달빛을 받은 당무환이 인자하게 웃었다.

"저이가 좀 험하게 말한 바가 있다만 새겨들을 만한 말이기도 하다. 이대로 수련을 하여도 큰 부족함은 없겠지. 하나 당장 험한 강호를 헤쳐 나가기 위해서라면 목숨과 목숨을 부딪치는 실전의 경험이 무엇보다도 중요하다. 듣고 깨닫거라. 살생을 해 본 검과, 그렇지 않은 검은 비록 한 번의 경험이지만, 그 차이가 하늘과 땅만큼이나 크다. 네가 무림인을 자처한다면 애석한 일이다만 하루빨리 실전의 경험을 몸에 새겨야만 한다. 그것이 낭만과 피가 공존하는 강호에서 길고 강렬하게 살아가는 방법이다."

말을 하면서도 당무환은 슬펐다.

무인의 대지.

이해관계와 은원이 엮인 강호에서 살인은 선택이 아닌 필수였다.

뭣도 모르는 선인이야 그저 평안하게 살라 할수 있겠으나, 속세에서 살아가는 무인에게 그것은 말 그대로 꿈같은 소리에 불과했다.

그러나 어찌 살인이 정당성을 품을 수 있을까.

악인이라 할지언정 그 목숨의 소중함이 낮다 할수 없는 것이다.

다만 그를 죽여 앞으로 고통 받을 선한 이들을 위해 부득이하게 해하였다는 기준 하나만 올곧게 세울 수 있다면, 그것으로 족하리라.

남궁소소는 가만히 하늘을 바라보았다.

검의 수련을 위해 연무장으로 왔지만 참으로 큰 깨달음을 얻었다.

무도의 깨달음이 아닌, 강호인으로서 살아가는 이가 깨우쳐야 할 바를 얻은 것이다.

이전에 당무환이 해 주었던 말도 충분한 무게감이 있었지만, 정작 달 밝은 이 밤에 듣는 그의 강론 아닌 강론은 그녀의 가슴을 무섭게 진동시켰다.

운명을 넘어선 숙명.

검을 쥐고 칼을 휘두르고 창을 던지고 화살을 쏘는, 독을 풀고 귀계로 사람을 몰아넣는 험악한 대지에서 겪어야 할 부덕의 결과물. 그러나 무인이라면 반드시 안고 가야할 악덕.

그녀는 그렇게 연무장에서 한 시진이 넘도록 서 있다가 객당으로 들어섰다.

밝은 밤이었으나 마냥 아름답지만은 않은 밤이기도 했다.

외전(外傳)(1)

자그마한 막사는 비록 모래와 진득한 바람으로 한창 달구어져 모양새가 좋진 않았지만 안온한 구석이 있었다.

수많은 막사들 중에서도 제법 돋보이는 막사 앞에는 보기만 해도 기가 질릴 정도로 커다란 흑마(黑馬) 한 마리가 멀뚱히 달빛을 바라보고 있었다.

초원의 밤은 춥다.

메말라 버린 대지, 잡초조차 쉬이 찾아보기 힘든 이곳의 밤은 사람에겐 언제나 가혹할 수밖에 없었다.

낮에는 정수리를 녹여 버릴 정도로 덥지만 밤은 수분이 없어 혹독하리만치 스산한 추위가 생명체를 괴롭힌다.

막사 안에서 조용히 창날을 닦아 내는 사내는, 상당히 날카로워 보이는 인상이었지만 아직 청년이라 불릴 만한 나이였다.

입은 옷은 남루했지만 질끈 동여맨 머리카락은 야성미가 넘쳤고, 꾹 다문 입술은 강인한 인상을 풍긴다.

청년은 창과 화살, 묵직한 철검을 차례로 닦아 냈다.

그가 병기를 닦아 내는 손길과 자세는 가히 구도자의 명상에 준할 만큼 엄숙했다.

전쟁이 벌어지면 병사든 장군이든 언제, 어떻게 목숨을 잃을지 모른다.

인간이 태어나고 만들어 낸 결과물 중 가장 참혹한 전쟁이라는 개념.

그 속에서 살아가는 이들에게 유일한 동료가 있다면 바로 병장기이리라.

자신의 몸을 지켜 주고 상대의 살 속에 박아 넣어 목숨을 취할 수 있는, 불쾌하지만 항상 아껴야만 하는 쇠붙이 동료.

청년이 길고 묵직한 검을 닦아 내고 있을 때였다.

군막 안으로 한 명의 사내가 들어왔다.

찢어진 눈과 까맣게 탄 피부가 위압감이 넘쳤지만, 눈빛은 선해 묘한 매력이 있는 사내였다.

청년보다 족히 열 살은 많아 보이는 외모의 사내다.

사내, 상일엽(想日葉)이 청년에게 예를 취했다.

"대장을 뵙습니다."

청년은 살짝 웃으며 그를 맞이하였다.

"어인 일로 왔나?"

상일엽의 표정은 좋지 않았다.

그는 약간 머뭇거렸지만 결국 품에서 한 장의 서찰을 꺼내 들고 청년에게 건넸다.

청년은 가만히 서찰을 보다가 이내 고개를 끄덕였다.

"반 시진 내로 준비하겠네."

"대장."

"왜 그러나?"

"이번에는 저희 부대장들이 나서겠습니다. 삼

일 동안 잠 한숨 못 주무셨잖습니까? 내려온 명령은 반드시 지켜야 하지만, 지금 대장의 몸 상태는……."

"이보게, 엽이."

"예, 대장."

"자네 입으로 방금 말하지 않았는가. 내려온 명령은 반드시 지켜야 한다고. 우리는 성을 위해 이곳에 있지만, 적어도 이곳에 있을 때만큼은 군인임을 명심하게. 군법(軍法)은 지엄하네. 또한 대명제국의 백성인 이상, 군율을 어기는 것은 곧 폐하의 명을 어기는 것과 다르지 않아. 더군다나 저들을 소탕하는 것이 황제 폐하의 명이자 내 나라를 지키는 길임을 나는 알고 있네."

상일엽은 안타까운 눈으로 청년을 바라보았다.

청년은 부드러운 미소로 상일엽을 안정시켰다.

"작정하고 온 길이잖나. 내 비록 강한 사람은 못되어도 그리 되길 노력하는 사람일세. 이 또한 경험의 일부라 생각하면 무서울 것이 없네."

청년의 미소는 참으로 서글펐다.

개미 한 마리조차 죽이지 못했던 사람의 아름답고 호탕하고 부드러웠던 미소는, 전쟁이라는 명목

하에 무수한 인명을 해치고 나서, 초원의 땅처럼 메말라 버렸다.

그럼에도 기어이 피어나려는 잡초처럼 안간힘을 쓰는 미소였으니, 상일엽은 문득 울컥하는 감정을 느꼈다.

이런 일로 손에 피를 묻히면 안 될 사람이었다.

스스로는 성을 위해 이곳에 왔다 하지만, 성주의 강제적인 명령이 있지 않았다면 결코 오지 않았으리라는 것을 그는 알고 있었다.

불법을 전파하여 자비로 세상을 물들이려는 어떠한 고승대덕(高僧大德)보다도 고운 마음씨를 가진 사람이었다.

그런 사람이 인명을 해치면서 점점 귀신으로 변모하고 있었다.

스스로는 알지 모르겠지만 그는 분명 이전과 달라졌다.

귀신이 되지 못하면 살아남을 수 없는 전쟁터.

전쟁이 벌어지면 오로지 적군의 섬멸만을 위해 질주하기에 아군조차도 그의 귀기 어린 모습을 보며 치를 떨 지경이었다.

심지어 성에서부터 함께 나온 백 명의 무인들조

차도 자신들의 대장이 보여 주는 모습에 공포를 느낄 때가 많았다.

그러나 그는 마냥 귀신이 되지 못했다.

전투가 끝나고 군막 안으로 들어서는 순간 죽어 간 적병들의 얼굴을 떠올리며 눈물을 흘리는 여린 사람이었다.

스스로가 말도 안 되는 이중성에 괴로워하며, 몸에 자해까지 하는 청년.

그것은 전투가 계속 되어도 나아질 기미가 보이지 않았다.

귀신도 사람도 아닌 어정쩡한 상태에서 그는 여전히 창을 들었고 검을 휘둘렀고 주먹을 들었다.

전투가 끝나면, 부상을 당한 아군들을 위해 직접 뛰어다니며 치료하기 바빴다.

제 몸도 성치 않을 터인데 그런 것은 아랑곳하지 않고 쉬지 않았다.

그 말도 안 되는 이중성에 오히려 아군은 그를 미친 작자라고 경원시했다.

분명히 그런 때가 있었다.

그러나 중상으로 죽어 가는 군인 한 명의 손을 잡고, 자신이 더 뛰어다니지 못해 목숨을 잃게 되었으니 나를 원망하라며 울었던 그의 모습은 아군 전체를 충격으로 몰아넣었다.

그제야 아군의 병사들 모두는 청년의 진심을 알고 그의 상처를 깨달았다.

그래서 군인들은 그를 두려워하면서도 존경하고 따랐다.

그가 명을 내릴 때면 죽음을 불사하고, 몸이 다쳐도 아픈 척을 하지 않은 체 청년과 동료를 보살폈다.

세상에 병사들을 이토록 챙기는 장군이 어디에 있을 것이고, 죽어 가는 병사들을 보며 울어 주는 장군이 어디에 있을 텐가.

무예에서는 고수이면서 살인에서는 최하수인 청년을 따르는 군인들이 목숨을 거는 이유가 거기에 있었다.

든든한 지원자들이 생긴 청년은 점차 마음의 상처를 회복해 갔다.

진심으로 믿어 주는 사람들이 있고, 진심으로 따르는 자들이 있지 않은가.

남녀의 사랑이 아닌, 상관이자 군인이며 무인인 자신을 사랑해 주는 동료들이 있었기에 청년 역시 조금씩, 조금씩 상처를 치료할 수 있었다.

그러나 여전히 전쟁 자체의 고약함으로 인해 청년의 가슴은 계속되는 흉터로 엉망이었다.

청년은 그래도 웃었다.

그는 웃음밖에 모르는 사람 같았다.

이렇게 야간 기습으로 적장의 목을 베라는, 거리와 날씨 등 조건으로 보았을 때 최악의 명령을 따르면서도 그는 웃었다.

가벼운 경장 차림에 비수 몇 자루와 허리춤의 검 한 자루만을 찬 청년을 보며 상일엽은 치솟는 감정을 억누르지 못한 채 말했다.

"대장. 나도 같이 가겠습니다."

"쉬게. 자네도 많이 지쳤⋯⋯."

"지친 건 대장이나 나나 똑같지 않습니까? 아무래도 혼자보다는 둘이 낫겠지요. 가서 한 방에 처리하고 돌아와서 잡시다."

청년의 말도 듣지 않은 채 상일엽은 바로 정비를 하고 나타났다.

청년은 어쩔 수 없다는 듯 피곤한 미소를 지으며 말에 올랐다.

"그럼 얼른 일 끝내고 오도록 하지."

그렇게 두 사람은 어두운 초원을 가로질러 나아
갔다.

유난히 말발굽 소리가 힘차 드넓은 초원 사방으
로 뻗어 나간다.

자칫 죽음으로의 여정이 될 수 있는 습격전.

그들을 비추는 것은, 자그마한 구름으로 아랫도
리를 덮은 서글픈 달 한 조각뿐이었다.

〈『비월비가』 제2권에서 계속〉

飛月悲歌 비월비가

1판 1쇄 찍음 2014년 5월 2일
1판 1쇄 펴냄 2014년 5월 9일

지은이 | 산수화
펴낸이 | 정 필
펴낸곳 | 도서출판 뿔미디어

편집장 | 이재권
기획 · 편집 | 윤영상

출판등록 | 2002년 9월 11일 (제1081-1-132호)
주소 | 경기도 부천시 원미구 상동로 117번길 49(상동) 503호 (우)420-861
전화 | 032)651-6513 / 팩스 032)651-6094
E-mail | bbulmedia@hanmail.net
홈페이지 | http://bbulmedia.com

값 8,000원

ISBN 979-11-315-1145-9 04810
ISBN 979-11-315-1144-2 04810 (세트)